アルカリレットウセイ

#COMPASS [COMbat Providence AnalysiS System]
SPIN OFF

CONTENTS

何か特別な才能が、
一つでもあればいいのに……

LURUCA

ルルカ

学園にて

LYRICA

リリカ

アルカリレットウセイ
#コンパス　戦闘摂理解析システム
スピンオフ

城崎

原作ゲーム：NHN PlayArt 株式会社、
株式会社ドワンゴ

MF文庫J

口絵・本文イラスト●クロワ

プロローグ

その薄暗い部屋には、それでもぼんやりと色が分かるくらいにカラフルな雑貨が詰め込まれて飾られていた。

よく見ればそれらはピンク色とオレンジが目立つように彩られていて、それぞれの色を身にまとった少女たちがかわいらしく描かれている。

丁寧に、まるで祀(まつ)るように飾られているぬいぐるみに残っているタグには『魔法少女リリカ☆ルルカ』とロゴが載っていることから、その作品のキャラたちなのだと分かる。

部屋の主(あるじ)だろう女性が支えにするように抱えているクッションにもそのキャラたちが描かれており、彼女が作品を相当好きであることがうかがえる。

そんな彼女の視線の先には大きめのモニターがあり、モニター上にはピンク色の少女とオレンジの少女——リリカとルルカが映っていた。

今はまさに、その魔法少女リリカ☆ルルカの放送時間である。

明日も仕事があるというにもかかわらず、深夜に放送されている番組を彼女は毎週リアルタイムで見ているのだ。

彼女は疲れて眠い目を必死に開き、魔法少女たちの活躍を見逃さないようにしている。現在の画面上では……ディジェネレーターの怪人が街を壊して回っていた。

怪人はまるで物に当たり散らすようにビームを放って、自らがいるところを中心にして破壊していく。時折それが人に当たると、力を失ったようにその場に倒れ込む。倒れ込んだと同時に、その人間の体内からカラフルな物体が、ぬるりと排出される。それを怪人は、触手で飲み込んだ。

人々のユメを、食べているのだ。

通りを歩いていた人々の大半は魔法少女ルルカが避難を促したものの、何人かは足を止めてしまって怪人にユメを喰われてしまった。さらに、店や施設の破壊までを食い止めることは出来なかったらしい。いくつかの建物が、見るも無惨に傾いている。

「危ないっ！」

傾いて崩れかけた建物の一部が転けてしまった少年の上に落下しそうになったのを、ルルカが魔法で飛ぶようにして動いて食い止めた。そんな魔法少女を嘲笑うかのように、さらなるビームを怪人が放つ。咄嗟のことに、ルルカは少年を庇いながら目を閉じた。

しかしその攻撃はルルカに当たることはなかった。不思議に思ったルルカが目を開けた先にいたのは、同じく魔法少女であるリリカだった。

「遅くなってごめん！」

魔法少女リリカの言葉に、ルルカが力なく頷く。彼女は急いで立ち上がり少年を逃がしてから、リリカの隣に並んだ。

「遅いよ、リリカ！　待ってたんだからね！」

「ごめんっ。ちょっと色々あって……！」

「リリカはいっつもそうなんだから」

そんな軽口を叩き合っている二人の間に、怪人がビームを放つ。二人は素早く避けてから再び並ぶと、ステッキを構えて口上を述べた。

「みんなのユメを奪うなんて、許さないんだから！」

まっすぐに目の前にいるディジェネレーターを見据える二人の目は、とても勇ましいものだった。

「まさか、リリカのほうがルルカを助けに来るなんて……！」

放送初期からは考えられないくらいの成長を感じさせるリリカの姿に女性が感動している間に、映像は切り替わってエンディングになる。

二人が踊っているその姿も、彼女はしっかりと目に焼き付けて見ていた。

オープニングもそうだが、エンディングや予告も飛ばしたことはない。

それは、彼女の数少ない自慢のうちの一つである。

やがてエンディングも終わり、二人の息の合った掛け合いで展開される次回予告も余さず見届けた。

「キミのハートに、ドリーミング！」

二人のその声を聞き終わって、ようやく彼女はモニターをスリープさせた。

緊張が解かれたように溜めた息を吐き出して、それから伸びをした。

「ど、どうしようっ!?　すごく熱い展開になったところで、来週に続いちゃった……二人で頑張って、敵を倒すのかな？　頑張ってほしい……！」

そのまま寝ようとしてクッションと共にベッドに寝転んだ彼女は、流れるようにスマホの画面を開いてSNSのアプリを起動させた。

同じようにリアルタイムで見ていた人たちが、それぞれの感想や考察を思い思いに呟いている。

『今週のリリルルも良かった！　特にリリカちゃんがルルカちゃんを助けに来る展開がエモかったよ〜！』

彼女もまた、自分の溢れんばかりの感情が乗った感想を呟く。

それから、面白い考察や公式による来週の告知などをシェアした。

興奮してより一層眠りから遠ざかるにもかかわらず、その手は止まらない。

このままでは明日の仕事に差し支えるから寝るべきだという正論は、何の意味も持たない。それで回復する気力というものがあるというのが彼女らの主張だろう。

しかし彼女にとって『魔法少女リリカ☆ルルカ』というアニメ番組は、どれだけ入れ込んでいたとしても一種の娯楽に過ぎない。

むしろフィクションだと思っているからこそ、全力で楽しんでいる。

だが、フィクションであるというのは誤りだ。

ほとんどの人は知らないけれど、魔法少女の存在はノンフィクションである。

現実に存在している。

アニメとして放送されているエピソードは、どれも実際に起きた出来事だ。

○

録画していた、魔法少女のアニメを見終わった。どんな内容のものが放送されるのか分からなかったから両親のいない時に見たけど……それで良かったのかもしれない。

今のわたしがしている表情を両親が見たら、きっとものすごく心配しただろう。

それくらい、衝撃的な内容だった。

「これ、この前の戦いだよね……？」

この前の戦いだということは分かる。

でも、わたしはこんなにカッコいい現れ方をしていない。戦えるか不安で、その場には変身もしないで現れた。それに、あの瞬間には少年なんていなかった。

きっとわたしが現れる前にルルカが助けていたのを、編集してあんな風にしたのかもしれない……そのほうが、アニメとして盛り上がると判断して、変えるようにしたんだろう。

あのマスコットの子なら、やりかねない。

事実、放送の翌日に見かけたネットのトレンドには「魔法少女リリカ☆ルルカ」の文字があったのを覚えている。それだけたくさんの人が反応したんだろう。

そうなると、どんな感想があるのかが気になった。おそるおそるＳＮＳを確認すると、何人もの人が『リリカちゃんがルルカちゃんを助けに来る展開がエモかった！』と書いていた。

「エモい」。

その言葉の意味はよく分からない。

けど、わたしの感情とは遠く離れたところにある言葉だっていうのは分かる。

……きっと次回は、画面上のリリカとルルカが二人で怪人を倒すんだろう。その後にハイタッチで喜んでいるのが、なんとなく想像できる。

あの戦いの後に、そんなものはなかった。

助けた人には感謝されたし嬉（うれ）しかったのは事実だけど、それどころじゃないことが起きたから。

「ルルカ、どこに行っちゃったんだろう……」

そう。ルルカがどこかに行ってしまって、それきり帰ってきていないのだ。

でも、学校はまるで何事もないかのように変わらず回っている。

マスコットの子がなにかしら力を使ったって言ってたからそのせいなんだろうけど……大事（おおごと）になったとしても、人間には解決出来ないからとも言っていた。

本当にそうなのかも分からない。

心配でたまらないけど、わたしにも出来ることはないと言われてしまっていて……何も出来ないまま、日々が過ぎていく。

こんなことになるんだったら、魔法少女になんてならないほうが良かったのかもしれない。

○

怪人、怪物からなるディジェネレーターたちは、人々の『ユメ』を食らおうと日夜場所を問わずに暗躍している。

彼らが現れたら、魔法少女たちもまたいつでもどこにでも必ず助けに現れている。

だから、貴方(あなた)もどこかで会ったことがあるかもしれないし、もしかしたら知らないうちに助けられているかもしれない。

ただ、その記憶は魔法少女たちを管理しているＡＩによって消されている。

人間が大々的にその存在を認識するべきではないと、そのＡＩが判断したからだ。

しかし、『ユメ』を食べられることに対して注意喚起をしなければ、一方的にディジェネレーターは増えるばかりだ。それでは困る。

そう判断したＡＩが悩み考えた末に生まれたのが、魔法少女リリカ☆ルルカというアニメだ。

それを放送することによって、人々の『ユメ』に対して害をなす存在がいるということを、暗に伝えているのだ。

とにかく魔法少女たちはこの世界には間違いなく存在していて、人々の『ユメ』を、誰にも知られずに守っている。

そしてこの物語は、魔法少女リリカ☆ルルカのうちの一人、リリカが魔法少女になる少し前——。

ルルカがリリカのことを、過剰に意識するようになるところから始まる。

良かった、今日もいい写真が撮れてた♪

ああ、もう!

リリカは本当に、いつ見てもかわいいなぁ……!

「全部の写真に写ってる、その人物は誰ナノ?」

何の前触れもなくスマホの画面上に現れたマスコットから聞かれて、咄嗟(とっさ)に舌打ちをしてしまった。

このマスコットには私の本性はとっくにバレてるから、今更取り繕う必要なんてないんだけど……それでも、写真とはいえリリカの前でそんなことをするには、少しばかりの罪悪感があった。

心の中で謝りながら、写真を一旦片付ける。

「ちょっと、あんまり見ないでよね」

「そんなにたくさんあるんだから、見えちゃうのは仕方がないと思うんだけどナー☆」

たくさんあると言われても、私には実感がなかった。

これじゃ物足りない。もっと欲しい。

「それで、友達ナノ？　それにしては、撮り方が粗いような気もするんだケド……もしかして、盗撮？」

「友達に決まってるじゃない。どんなことをしている時だって見逃したくないけど、それが難しいからちょっとブレてるってだけで」

「いや、それを盗撮って言うんじゃナイの……？」

……どうして人間の女の子たちをよく分からない怪物と戦わせておきながら、人間社会における一般的な常識を語れるんだろう。その頭の中、いわゆるアプリの構造を見てみたいものだと思った。

「何で倫理観のカケラもないようなアナタに、そんなこと言われなきゃいけないの？」

「ボクの倫理観は、この世界のユメを守るためのものであって、人間に配慮するためのものじゃないからネ☆」

そのユメは、誰もが持っているし見ているはずなのにどうして？

そう問い詰めても良かったけど、返ってくる答えはいつもと同じだと思った。

だから、何も言わずに目を伏せる。

「そう」

「しかし、普段は人にまったくと言っていいほど興味を持たないルルカが興味を持つ人間って気に……」

「気になる？　そうでしょう？　ね、そうでしょう？」

マスコットの言葉を遮って、私は問い返した。画面越しでも分かるくらいには引いているようだ。だけど間違いなく頷いたのを確認して、私は話し始める。

私、ルルカが、リリカのことを好きになったキッカケを。

○

リリカに出会ったのは、中学校に入ってからだ。

第一印象は、今の私にとってはありえないことなんだけど……思い出そうとしても、思い出せない。彼女に対して特別なことを、最初は何も思わなかったんだろう。

何人もいる同級生のうちの一人。

その印象が覆されたのは、クラス内でそれぞれの委員を決める会議の時だ。

定番の図書委員や美化委員はすぐに決まったけど、肝心のクラス委員がなかなか決まらなかった。

それもそのはず。

クラス委員というだけあって、委員会の中でも群を抜いてやることが多かった。

先生にとって雑用を任せやすい相手。そんな表現が、しっくりくるくらいだ。

だからこそ、委員会に所属してもいいという人の中でも、誰もやりたいとは言い出さなかった。

「クラス委員、誰もやらないのかー」

先生の言葉にも最初はクラスの誰かが茶化(ちゃか)して返していたはずなのに、誰も反応しなくなってしまった。

時間だけが、刻々と過ぎた。

決まらないままでは帰れないという状況もあったせいで、誰もが黙ってはいるけれど、ピリピリとした空気が作られる。

言葉の代わりに、ため息が近くで聞こえた。

……露骨にそんなことするくらいなら、自分が立候補すればいいのにね?

まぁそんなことが出来る人なら、ため息の前に手を挙げてるんだろうけど。

私は、調理部に行けないまま時間を浪費しているその状況が嫌だった。

それにこれ以上待っていたって、誰も手を挙げたりしないという確信があった。

……本当は、やめておきたかったんだけど。

「じゃあ、はい」

これ以上時間を無駄にしたくなくて、私は手を挙げた。

その手に、教室中の視線が一斉に集中するのが分かった。

何なら、ちょっとした歓声もあがったくらいだ。

「お、優等生のルルカがやってくれるなら心強いな！」

先生はそんなことを言いながら、黒板にチョークで私の名前を書いた。

その横には、ちょっとした空欄があった。

「あともう一人だぞー」

そう。私が嫌だったのは、もう一人がどうなるか分からなかったからだ。

出来れば親しい子になってほしくて視線を向けるけど……彼女たちは、示し合わせたように反対側を向いて目線を逸らした。

そうなんだよね。いくら友達と一緒だっていっても、やりたくないことは進んでやらないんだよね。分かっていたからショックなんてことはなかったけど、このままじゃ部活に行けないことは変わらなくて困ってしまった。

誰か、いないかな。

私、この時点でも担任の先生に優等生って言われるくらい優秀だから、誰と一緒でも上手くやれる自信があるんだけど。

そんなことを思っていた時だった。

「……はい！」

本当に、勇気を振り絞って声をあげたんだろう。裏返った声が、教室に響いた。

声の聞こえたほうを見れば、緊張した顔で手を挙げている子がいた。

そう！　リリカが手を挙げてくれたの！

ああ、リリカ！　なんて健気でかわいいの！

……コホン。

何でもないわ、気にしないで。

とはいえ当時の私は、まだリリカの魅力に気付いてなかったの。

だから、どうしてこの子はわざわざ立候補したんだろうっていう、疑問のほうが上回っていたんだよね。

てっきり、私と関われるっていう下心を持った誰かが立候補するんじゃないかな、としか思ってなかったわけだし。

今となっては、そうならなくて本当に良かったんだけど。

「意外だな。リリカが立候補するなんて」

「え、えっと……」

立候補した時よりももっと消え入りそうな声になったリリカは何か言いたげだったけれど、私のところまでは聞こえてこなかった。

「ま、何かあったらルルカが何とかしてくれるだろうし、みんなもそれでいいよな？」

無責任な賛同の声と拍手が次々とあがって、私の隣にある空欄にはリリカと名前が書かれた。

既に書かれてある名前と名前の間に書かれたせいか、ちょっとだけその文字は歪（いびつ）になった。

先生は満足げな表情を浮かべたまま簡単に一日のまとめをすると、教壇から下りて職員室に帰っていった。

ほどなくして同級生たちも教室から出て行き、私とリリカだけがその場に残った。

私は意図的に残っていたけれど、リリカはまだ帰る準備をしていた。

鞄（かばん）に入れては出したり、机に入れては出したりして、何を持って帰るか決めかねているようだった。

すぐにリリカが、頑張ってはいるもののあまり要領が良くないってことが分かった。

書いている文字は綺麗(きれい)だけど、まとめることに集中し過ぎて授業の内容を最後まで書き写せなくて、そのせいで結局何も理解できない……そんなノートを作りそうだと、なんとなく思った。

リリカが立候補した時の先生の言葉は、それを分かってのものだったんだろう。

それは先生の勝手な物言いだったんだって、今なら思えるけど。

彼女のことなんてまだ何も分かっていなかった私は、ムリをしていないか確認したくて、クラスの調理部の子に伝言を頼んで残っていた。

「帰ってから、どうしようかな……」

独り言を呟(つぶや)く余裕が出てくるくらいには帰る準備が整ったらしいリリカに、私は声をかける。

「リリカさん、だっけ?」

「え、わ、はい。あ、えっと、ルルカさん……?」

私の存在にたった今気付いたって口調のリリカの声は、震えていた。

○

……あの頃の、私に対してちょっとよそよそしいリリカのことは、もう見ることが出来ないんだよね。もったいないことしたかも……。

もっと仲良くなるまでの過程を、段階を踏んで写真に収めたかったな。

そうしたら、もっとリリカの色んな一面を記録出来たはずだし。

でも、写真に収めるくらいに好きになったのはもっと後だから、仕方がないんだよね。

そこはもう、リリカの魅力にすぐに気付けなかった私が悪いんだし。

もしも願いが叶うなら、過去に行くことが出来たらいいのに。

タイムマシンって、あとどれくらいで出来るんだろう？

あ、待って？

もしかしたら、そういう魔法があるかどうかを調べて、それを習得するほうが早いかもしれない。

私って魔力は高いほうだって言われてるから、大抵のことは出来るだろうし。

どこの誰が作っているかも分からないマシンの完成を待つよりも、もしかしたら現実的かも。すごく変な話ではあるけれど。

……過去に戻ることが出来れば、リリカの成長をもっと早くから間近で見ることが出来るかもしれないし、頑張ってみる価値はあるんじゃ……？

「……その目は、何？」

今までとてもかわいらしいマスコットがするべきじゃない表情で私を見ていたＡＩは、ふいと視線を逸らす。

「なんでもナイよ？　続きをドーゾ？」

「……そう。じゃあ、話すわね」

言いたいことは山ほど頭に浮かんだけれど、それよりもリリカの話を続けたほうがよっぽど有意義だ。止められることなく続きを促されたので、それに応えよう。

○

リリカはまるで文句を言われると思っているような顔で、小さな体でわたわたしていた。

確かに同じ委員になっただけで帰りを待ってるっていうのはちょっと怖いかもと、内心で苦笑してしまった。

出来るだけ優しい声に聞こえるように心がけながら、言葉を続けた。

「そう。ルルカ。名前覚えててくれたんだ。あんまり話したことなかったよね？」

「あ、うん。名前はね、ちょっと似てるから……」

「そうだね。リリカとルルカって、同じラ行が重なって、カで終わってるし」

名前っていう分かりやすい共通点のおかげか、リリカの緊張が解けてきたみたいだ。

顔には、笑みが浮かんでいた。

かわいらしい笑みに、私も自然と笑顔になってしまった。

その時は不思議だなって思ってたんだけど、リリカの笑顔なんだもん。当たり前だよね。

「リリカさんは、どうしてクラス委員に立候補したの？」

「あ、う」

私の問いかけに、リリカは顔を固まらせて言葉を詰まらせた。

「何？　どうしたの？」

心なしか、悲しそうな顔になったような気が……？

やっぱり、ムリに立候補したのかな？　だとしたら、残って良かった。

ゆっくり話を聞いた後で職員室に行って先生にクラス委員を他の人に代えられないか提案をして、私の友達に一緒にやらないか直接聞いて……。

こんな泣きそうな顔になっている子に、委員を強いることなんて出来ないと思った。

「も、もしかして迷惑だった……？」

けれど彼女の口から出てきたのは、まったく違った言葉だった。

「え？」

想像とあまりにも違う言葉に、思わず聞き返してしまう。

「リリカ、立候補しないほうが良かった？」

「そ、そんなことないよ！」

突然あまりにも自己評価の低い言葉が飛び出したので、驚いてしまった。

慌てて否定したけど、リリカの表情は晴れなかった。

「リリカ、自分があんまり要領が良くないって分かってる。でも、このまま誰も立候補しないとみんな帰れなくて困るだろうって思って、つい……」

「それなら、私と同じだよ」

私は思わず、リリカの手を取っていた。

柔らかくて、私よりもちょっと小さなその手。

それに驚いたのか、うつむいていたリリカの視線が私を捉えた。

「誰かのために何かが出来るんなら、要領がいいとか悪いとか関係ないよ」

リリカの目を見て、私は笑った。

「これから一緒に、頑張っていこ。ね？」

そこでリリカはようやく笑顔に戻って、大きく頷（うなず）いてくれた。

「うん！　これからよろしくね！」

その笑顔は、やっぱりかわいらしかった。

思えばあの時から既に、私の心はリリカに対して釘付け（くぎづ）だったのかもしれない……。

○

「思えばということは、出会いだけじゃなくてその想い（おも）を決定づけられた出来事もあったんデショ？」

この子の察しがいいところは、あんまり好きじゃない。

「……あとは、私だけの秘密」

話すのは楽しかったけど、リリカの好きなところをこれ以上マスコット相手に共有するのも嫌になってきた。

私が興味を寄せてるからって、リリカに興味を持たれても困るし。

それだけは、絶対に阻止しないといけない。

「この時点の話だけだと、ルルカはやや行き過ぎたストーカーに思えるかもナ☆」

「行き過ぎたストーカーでもいいよ」

これは強がりじゃなくて、本心だ。

「……ドウシテ？」

「だって、リリカにそう思われてないから」

リリカ以外にどう思われたって構わない。

私はリリカが好き。リリカもきっと、リリカなりに私が好き。

それで充分だ。

「……そういうものカナ？」

「そういうものなの」

マスコットはしばらく考え込むように唸っていた。やがて、興味を失ったように自らスマホをスリープさせた。

私はそれを確認してから、再びリリカの写真整理に戻った。

「……あ！」

整理をしながら、さっき考えていた過去に戻れる魔法はないのかをマスコットに聞き忘れたことを思い出した。

気にはなるけど……今はリリカの写真のほうが大事だから、また後で聞いてみよう。

タイムマシンかぁ……。時間の移動がもしも出来るんなら、もしかして停止したりとかも、出来たりするのかな……？

「止まってるリリカに、ちょっとイタズラ、とか……」

机の上には、リリカの写真がいくらかある。

リリカには何も言っていないから、マスコットの言っていた通りにブレているものが多い。

それでもかわいいんだから、リリカが止まっていたらもっと素敵な写真がたくさん撮れるだろう。服装を変えることだって、出来るかもしれない。同じ女の子だから、変なことでもないはずだし。

それか、私とリリカ以外の時間を停止して二人だけの世界に……？

「……いけない、いけない。リリカは、そんなこと望まないよね」

ふと、はにかみながらこちらを見ている写真のリリカと目が合う。

うん。この自然な姿が、一番素敵だよね。

ふふ、リリカはやっぱりかわいい♪

靴箱に、いつもよりゆっくり靴をしまう。混み合っていない時間だから、焦らなくていい。ちょっと気が楽になる。

いつもは人がたくさんいるせいで、なかなか自分の靴箱にたどりつけない。それに後ろに人が並んでるから、変に焦って困っちゃうんだよね……。

一番近くにある時計を確認すると、いつもよりも三十分早くついているみたいだった。

廊下にはまばらに生徒がいるくらいで、いつもの道なのに全然違う感じがした。

毎日狙ってるわけでもないのに時間ギリギリになっちゃうことで悩んでたけど……早起きすれば良かったんだ！

早起きはそんなに簡単じゃなかったけど、こんなにゆっくりと朝が過ごせるんならこれからも続けたいな。

焦ってドタバタすることもないし、ギリギリだからって先生に怒られることもない。それに、いつも早めに来ているらしいルルカと話したり出来るかもしれない。

靴箱にルルカの靴があるのをさっき確認したから、登校しているのは間違いない。

いつもみたいに、他の子と話してるかな。

それとも、落ち着いて読書とか？

ルルカのことだから、真面目(まじめ)に予習ってことも考えられる。

「……これより早く起きてるルルカって、それだけでもやっぱりすごいなぁ」

寮で暮らしてることを含めて考えても、ものすごい早起きなのには変わらない。

まさしく優等生だ。そして、誰にでも優しい。

さらに料理も上手(うま)くて、調理部の部長もしている。

もちろんそれだけじゃなく、もっとたくさんある魅力が伝わって、ルルカはみんなから慕われている。

そんなルルカを、わたしは本当に尊敬している。

同じクラス委員としてわたしも頑張っているけど、追いつかないことばかりだ。

いつか、ちょっとでも追いついてみたいな……。

そんなことを考えているうちに、教室の前に来ていた。

いつもなら騒がしい教室のはずなのに、今日は静かだった。教室の声とかが、廊下まで聞こえてこない。まるで誰もいない……それはいくらなんでも大げさかもしれないけど、そう思ってしまうくらい、本当に静かだ。

戸を開けると、廊下と同じくらい人はまばらだった。

けれどルルカは自分の席に座っていて、メガネをかけて本を読んでいた。真剣な顔つきに、思わず話しかけるのをためらってしまう。

どうしよう。このまま一旦自分の席に行って、ルルカが顔を上げたら話しかけに来ようかな？　でもそれだと、ずっと話しかけられないかも。せっかく早く登校してきたのに、話しかけられないのは、ちょっと寂しい……。

「リリカ、おはよう」

そう思っていたら、ルルカのほうから声をかけてくれた。いつの間にか本は閉じて机の上に置かれていて、ルルカの目はまっすぐにわたしを向いている。

「ルルカ！　おはよう！」

ルルカが気付いてくれたのが嬉しくて、ちょっと大きな声を出してしまった。教室にいた何人かが、一斉にわたしのほうを見る。みんな朝早く来る人だからか真面目そうで、静かにしなきゃいけないんだと思った。

「あわ。あわわ……」

わたしは申し訳ないやら恥ずかしいやらで、小さな声でごめんなさいと言うしかなかった。

教室も、なんだかいつもと違うみたいだ。

普段ならこのくらいの声量はおかしくないはずなのに、この時間帯だと目立ってしまうみたい。今度から朝早く来た時は気をつけなきゃ。

「いつもより早いね。どうしたの？」

「えへへ、いつもよりちょっと早起きしたんだ」

「そうなんだ。えらいね、リリカ」

「そ、そうかなぁ？」

ルルカなら分かってくれると思ってはいたけど、本当に褒められると嬉しい。

「そうだよ。もっと言えば、これが長続きするといいけどね」

「が、頑張る！」

暖かい時期ならともかく、寒い時期はベッドから出るのが大変そうだ。そういう時は、どうやって起きたらいいんだろう。

ルルカなら、そういうことには詳しいかな？

「良かったら、明日から私が起こしてあげようか？」

そう思っていたら、ルルカのほうから素敵な提案がされた。朝からルルカの声を聞いたら元気になるし、ルルカも頑張ってるんだからわたしも頑張らなきゃと思えるはず！

でも、それと同じくらい申し訳ない気持ちもある。

「いいの？　ルルカも、朝は忙しいんじゃない？」

「そんなことないよ。前の日に準備できることは、準備しておけばいいし」

「……そっか！　確かにそうだよね」

わたしもそうしたはずなんだけど、朝になってちょっとごたごたしてしまったからよく分からない……。

でもきっと、ルルカなら大丈夫なんだろう。やっぱり、ルルカはすごいなぁ。

「何時頃がいいとかハッキリしたら、またいつでもいいから連絡してね」

「うん。ありがとう。ルルカにモーニングコールしてもらえたら、きっと寒くなっても起きられるよ」

「まずは、その頃まで続けられるように頑張ろうか？」

「そ、そうだよね！」

とりあえず、明日も同じように起きられるよう頑張らなくっちゃ！

「そういえばリリカ、ちゃんと課題はやった？」

「もちろんやってきたよ！　国語のワークでしょ？」

「え？　国語だけ？」

「え……？」

「数学もあったはずだけど……」

「う、嘘……!?」

一気に、頭が真っ白になってしまう。

ちゃんと昨日、帰る時に確認したはずなのに。

また確認不足だったの？

これでもう、何回目だろう……。

毎月ごとに、こんなことになっているような気がする。

「もしかして、やってないの？」

「ど、どうしよう、ルルカぁ……」

思わず泣きそうになりながら、ルルカに助けを求めてしまう。

確認を充分にしてなかったわたしが悪いんだから、自分でなんとかしなきゃいけない。

それは、分かってるんだけど……！

知らなかった宿題があったことでパニックになり、頭は真っ白のまま口走ってしまう。

「落ち着いて。まだ提出まで時間があるから、急いでやっちゃおう。問題集は持ってきてる？」

「う、うん……」

「じゃあ、一つずつやっていこう」

ルルカに言われるがままに席について、数学の問題集を開く。

思っていたよりもページ数が少なかったのもあって、朝の時間を全部使って終わらせることが出来た。

「ありがとう、ルルカ……！」

「どういたしまして。でも、リリカが頑張って朝早くに来たから間に合ったんだよ。良かったね」

「うん！　良かった！」

二人でホッとしながら、いつものハイタッチをする。

「あのね、ルルカ……」

「なに？　リリカ？」

「これからも早起き頑張るから、ルルカが出来る時には電話してくれる？」

「もちろんだよ。それに、宿題の確認も今度から一緒にしようね」

「そうする！」

もっと、頑張らなきゃ！

○

なんだか聞き慣れた音が聞こえてくるような気がして、薄く目を開けた。

自分の部屋の、白い天井が見える。

閉まっているカーテンの隙間から、ちょっとだけ日の光が入ってきていた。

何時間も転がって、すっかり温かくなっている布団の中が気持ちいい。

その中からおそるおそる手を出して、音の鳴っているほうに手を伸ばす。

意識がようやく覚醒してきて、スマホから音が鳴っているんだって分かった。

それも、電話の音だ。

こんな時間に、なんだろう？

スマホの画面を、まだちょっとぼんやりした視界で見つめる。

画面上には、ルルカの名前が表示されていた。どうしてルルカから、電話がかかってきてるんだろう。こんなに朝早くから、なにかあったのかな？

……まさか事故とか？

「ん……？」

だとしたら大変なことだ！　早くなんとかしないと！

心配になって、急いで電話を受けた。

「リリカ、起きてる？」

「る、ルルカ……？」

なにかあったにしては、声が穏やか過ぎるような……？

だとしたら、なんだろう。今日は学校だから、特に待ち合わせとかはしてないはずだけど……もしかして、してたっけ？　ダメだ。寝ぼけた頭じゃ、なんにも考えられない……。

「あ、なんで私から電話がかかってくるんだろうって声してる」

「うん。なにかあった……？」

「今日から私がモーニングコールすることになってたんだよ、リリカ」

「……あ！」

そうだった！　今日からルルカに、モーニングコールをお願いしてたんだった！

急いで布団から起き上がる。時計を見ると、まだ早い時間帯だった。

こういうことがあると思って、早めに起こしてもらうように頼んだんだろう。

過去の自分に感謝しつつ、口からは安堵の息が出てきた。

ルルカに倣って荷物もまとめてあるし、今から起きても静かな時間帯のうちに学校につくことが出来るはずだ。

「リリカが頼んだのに、忘れちゃってごめん……！」

「大丈夫だよ。でも、絶対に二度寝はしないようにね。してる時は気持ちいいかもしれないけど、後からキツくなるんだから」

「うん、分かったよ」

昨日も念を押されたことだから、気をつけなきゃいけない。

でも、二度寝って確かに気持ちいいからしちゃいそうになるんだよね……。

ルルカが口酸っぱく言うのも、それを分かってるからだろう。

「それじゃ、学校で待ってるね」

「うん！　またあとで！」

電話が切れてから、スマホを一旦机の上に置いて思い切り伸びをする。

せっかく起こしてもらったんだから、今日も頑張らないと！

○

ルルカの優しさで毎日モーニングコールをしてもらうようになってから、早起きの習慣が少しは身についた。

朝の休み時間に、ルルカや他の朝早く登校してくる子達とちょっとしたことで話すのも楽しい。

普段は話さない子たちとも話すようになって、なんだかちょっと不思議な感じ。

改めてルルカは、色んな人と繋(つな)がっているんだなと思わされる。

わたしに友達がいないわけじゃないけど、ルルカは本当に誰とでも分け隔てなく話すことが出来る。

それに、誰にだって優しい。

だから、みんなルルカを慕っているっていうか。

わたしが一番お世話になっているとは思うけど……。

宿題だって忘れなくなったし……ちょっとはわたしにも余裕が出来てきたんじゃないかなって思う！

たくさんわたしに優しくしてくれるルルカは、なんて素敵なんだろう。

わたしには、もったいないくらい素敵な友達だなぁ。

いつも、そう思ってしまうほどに素敵なんだ！

○

ルルカのモーニングコールがなくても起きられるようにならなくちゃと思って、時折は自分一人でも起きるようになってきていた、ある日の学校。

四時間目、体育の時間。

その日は二人一組になって、ストレッチをする日だった。

普段は動かさない筋肉も動かそうってことらしい。

わたしは部活動に入っていないし特別な活動もしてないから、動かしてない筋肉が人よりも多そうだ。明日、筋肉痛にならなきゃいいけど……ちょっと心配。

「リリカ、一緒にやろう」

「うん！」

すぐにルルカから声をかけられて、ペアになった。

ルルカと一緒にクラス委員になって交流が始まってからは、よくペアになっている気がする。

ルルカと一緒だと、先生からはあんまり教えてもらえない基本的なことを教えてもらえるからすごく助かる。

それにもし失敗しても、次頑張ろうって積極的に励ましてくれる。だから、最近は体育の時間がそこまで苦痛じゃない。

そっか……あんまり意識してなかったけど、そういえば前までは体育の時間って好きじゃなかったかも。

上手く出来ないし、そもそも競技のルールがあんまり分かってないままやらされるし。

それをルルカが変えてくれたんだ。

改めて、ルルカってすごい。勉強だけじゃなくて、運動も出来るなんて。

「リリカ？　どうしたの？」

ルルカに下から覗き込まれて、わたしがぼんやりしていたことに気付いた。

「あ、ううん！　なんでもない！」

「そう？　ならいいんだけど……」

前のクラスが使っていたのか、既に敷かれていたマットの上に等間隔で座る。

最初は、お互いの背中を押したり引いたりするストレッチだ。

ルルカに促されて、わたしのほうが先に押してもらうことになった。

「最初はゆっくり行くよー」

「うん」

言葉の通り、ゆっくり背中を押されて伸ばされる。

「どうかな？」

普段はあんまり体を伸ばさないのもあって、ちょっと苦しい。

「だ、大丈夫だよ」

けどすぐに苦しいっていうのは、なんとなく恥ずかしかった。

だから強がってそう言うと、当たり前だけどもっと力強く伸ばされる。

「あ、えと、いた……痛い……！」

「え、嘘!?　大丈夫？」

ルルカはわたしの言葉にすぐに反応して、ゆっくりと背中を元に戻してくれた。

それから、心配そうに背中をさすってくれる。

「ごめん……最初の時点でちょっと苦しかったんだけど、ムリしちゃった」

「ムリしないでよ。心配したじゃんか」

言いながら、ルルカに抱きしめられる。

……なんとなく、ルルカの体が熱くなっているように思えてしまう。

体を伸ばしてムリをしたわたしの体が熱いんじゃなくて、ルルカの体が熱い。

それに、息も荒くなっているような気がする。いつもバレーやバスケで激しく動いても汗なんて滅多(めった)にかかないのに、どうしたんだろう?

「ルルカ、もしかして暑いの?」

「えっ、どうして?」

「なんとなく、体があったかくなってるような……」

もしかしたら風邪(かぜ)かもしれないと思って、ルルカの額に触れる。けれど、額はそんなに熱くなかった。

「大丈夫なの?」

「き、気にすることないよ。ほら、今日の朝ってちょっと寒かったじゃない?」

「そういえば……」

急に寒くなったから、制服の上に何を着ていこうか迷ったんだった。

でも今の時間は気温が高くなっているから、あんまり気にしてなかった。

「それで厚めのインナーを着てきたからかもしれない。いつもなら体育用に別のインナーも入れてるんだけど、今日は急だったから入ってなくて」

「そうなんだ。それなら良かった」

ルルカでもそんなミスすることがあるんだなぁ。なんだか意外……。

「うん。次はお腹(なか)のほうを伸ばすけど、ムリしないでよね?」

「ほどほどに頑張るね」

それから交互に体のそれぞれを伸ばしていった。

わたしが触ったルルカの体はすごく熱くて、本当に風邪じゃないのか心配になるくらいだった。それに、目線もなんだか合わなかったし……。

でも、念のため行ってもらった保健室で測った体温は正常だった。

ルルカも元気だって言い張るし、まるでわたしの勘違いみたいだ。

……本当にただの勘違いだったのかなぁ？

○

今日は生徒会の交流で、男子校の生徒の人たちが来る日、らしい。

らしいっていうのは、まだ見かけてないから、本当にそうなのかイマイチよく分かっていないからだ。

朝にそう聞いた時はこの学校に男子が来ることもあるんだって思ってちょっとソワソワしたんだけど……遂に放課後まで見かけることはなかった。

この学校も結構大きいから、見かけない時は見かけないよね。いたとしたら制服が男ものってことで、きっと目立っているだろうし。……まさかこの学校のものを着ているから見つけられなかった、なんてことないよね？　いくらなんでも、そうだったら困る。

いや、わたしが困ることはないんだけど……これ以上考えるのはやめよう。

今日は課題の量も多いし、早く帰って始めなきゃ。

「ね、ねぇ。そこのツインテールの彼女」

そう思って校舎から出たところで背後から声をかけられて、一瞬だけ立ち止まってしまう。

それは、明らかに男の人の声だったからだ。しかも先生とも違う、まだハリのある声。

おそるおそる、後ろに振り返る。

すると三人の男子生徒が、考えあぐねた表情で物陰に立っていた。

「えっ、え、なんで」

「あ、あれ？　聞いてない？　俺たち、生徒会の交流でこの学校に来てるんだけど……」

「あ、そ、そういえばそうだった……」

どうなったんだろうって考えてたのに、いざ実際に遭遇すると挙動不審になってしまった。やっぱり、普段はいない男子生徒がいるっていうのはちょっと違和感がある。

でも、どうしてこんなところにいるんだろう。

「いや、それが、ちょっと迷子になっちゃって。この学校、広くない？」

そんなわたしの疑問を察したのか、彼はそう言った。この学校に通っているわたしでも分からなくなることがあるし、はじめて来た人なら尚更分からないだろう。

「良ければ、案内してくれない？」

「それなら……」

「だったら、私が案内しましょうか？」

いいですよと頷こうとしたら知っている声が聞こえて、私の前に人影が現れた。いつも見るその背中は、紛れもなくルルカのものだ。

彼女は一度、目の前の男子生徒に会釈をしてから、わたしのほうに振り返る。

「リリカ、これから帰るところだったんだよね？」

「そ、そうだけど……案内くらい、リリカにも出来るよ？」

「知り合いの生徒会の人に、見つけたら生徒会室まで連れてきてくれって頼まれてるんだ。だから任せて」

「あ、そうなんだ……でも、それならリリカもついて行くよ。せっかく頼まれたのに、途中で投げ出すわけにもいかないし」

「そう……？」

ルルカは一度、男子生徒のほうをちらりと見る。

「お、俺たちは案内してくれるんであれば誰でも何人でもいいですよ」

「それなら一緒に行こうか、リリカ」

言われて、ルルカに手を繋がれた。

「……う、うん！」

ちょっとびっくりしたけど嬉しいことではあったから、そのままわたしも繋ぎ返した。

そのまま歩き始めたルルカにつられて、みんなで歩き出す。

そういえば生徒会室って行ったことなかったかも。

ルルカならきっと場所を知ってるだろうから心配はないけど、変にドキドキしてきた。

付いていかないほうが良かったかな？

でも、一応頼まれたのは頼まれたし……。

「リリカさんとルルカさんって、かわいいですね」

どうしたら良かったのかを考えていたら、一人の男子生徒にそんなことを言われた。周りの男子生徒も、それに同調するように頷いている。

嬉しい気持ちよりも、ルルカと一緒にかわいいって言われたことに驚いてしまう。

ルルカはかわいいかもしれないけど、わたしは……。

「なに？　ナンパなの？」

ルルカはというと、ちょっと冷たい口調でそう言った。

何故(なぜ)だろう。嫌な予感がする。

「そ、そんなんじゃないですよ！　素直な感想っていうか……」

「じゃあ、リリカのどこがかわいいと思う？」

「え、リリカさんの……？」

「答えられないの？」

ルルカは立ち止まって、男子生徒の目をしっかりと見つめる。その目には、若干の怒りが浮かんでいた。

「……はぁ」

大きなため息を吐き出してから、ルルカは口を開いた。

「生徒交流のために学校の代表としてわざわざ来てすることがナンパだなんて、恥ずかしいとは思わないの？」

「る、ルルカ……！」

止めようとしたわたしが、逆にルルカに止められる。

「リリカ。こういう人たちにはしっかり言わないと、気の弱い子が狙われたりするんだよ。

だから止めないで。ね？」

「う、うう……」

そう言われると、なにも言えなくなってしまう……。

それから再び口を開こうとしたルルカを前にした男子生徒が急いで謝って、これ以上こんなことはしないということを約束してから生徒会室に送り届けた。

最初は元気そうだった男子生徒の顔が、徐々に萎びていく様を見るのはなんだか可哀想だった。

でも、しっかりと言いたいことを言うルルカはとてもカッコよく見えた。

少しだけ怖いと思ったのも、事実だけど……でも、気の弱い子が狙われなくなるんなら大事なことなんだろう。

「リリカ、玄関まで送っていくよ」

……そう言うルルカは、もうすっかりいつもの笑顔のルルカに戻っていた。

○

ルルカのモーニングコールがあっても、早起きがあんまり上手くいかなくなってきた、ある日の休み時間。

「ごめん。ちょっとお手洗いに行ってくるね」

ルルカをはじめとした友達と話している最中に、一瞬だけ静かになる瞬間があった。

そのタイミングを見計らって、わたしはそう切り出した。

「リリカ、一人で大丈夫？」

みんなはさして気にしてないようだったけど、ルルカだけはすぐにわたしのほうを向いてそう言った。

その言葉に、ちょっとだけ頬が赤くなるのを感じる。

もう中学生なのに、そんな心配をされるなんて。

けれどルルカは、本当に心配しているようだった。

ルルカがそんな風だから、周りもいつものやりとりのように見ていた。

心配してくれているのに変に否定するのも気が引けて、「大丈夫だよ」と小さな声で返した。

「わたしは一人でも怖くないよ。この学校に入ってからは、怪談話なんて聞いたこともないし」

「あ、でも最近先輩たちが噂してたのをちょっと聞きかじった程度なんだけど……実は七不思議って、この学校にもあるらしいよ」

人数の多い部活に所属しているからか普通の人よりも情報通なアイちゃんが、そんなことを言った。

「え、七不思議あるの？」

キョウカちゃんが、その話に便乗する。

「うん。それもどうやら、お手洗いにまつわるものもあるみたいでさ……」

「えっ、嘘。そんな……」

どんなものかは分からないけど、その場所にまつわる怪談話があるっていうだけで行きたくなくなってしまう。

それにトイレなんて、怪談話の宝庫みたいなところだ。

中でも小学生の頃にクラスで見ることになった怖いアニメに出てきた、赤いトイレットペーパーの話が頭をよぎる。

いつもなら気にしていない、ただのトイレットペーパー。

白いはずのそれが、もしも赤くなっていたら……。

「る、ルルカぁ……」

「なぁに、リリカ？」

「ルルカ、やっぱり一緒に行ってくれない……？」

一度怖い光景が頭に浮かんでしまったら、それはなかなか離れてくれない。

むしろ忘れようとすればするほど、脳裏にこびりついていくのが分かる。

恥ずかしいけど、このまま一人で行ったらパニックになってしまうかもしれない。

それで人を呼ばれて大騒ぎになるより、ルルカに頼ったほうがずっといい。

「うん、分かった」

ルルカは、笑顔で頷いてくれた。

「ありがとう、ルルカ……！」

そ、それに、誰かと一緒にお手洗いに行くなんて、そんなに珍しいことでもなんでもない、よね……？

「今度ルルカがトイレに行きたくなった時は、リリカが付いていくからね！」

廊下を歩きながら、ルルカに話しかける。

「え!?」

「わわっ!?」

いつも落ち着いているルルカが大きな声を出したから、ちょっとビックリする。

周りに人がいたら、きっと注目されてただろう。

そんなに驚くような、変なことを言ったのかな……?

「お、お返しっていうか……一緒にお手洗い行くのって、変なことじゃない、よね?」

確かめるように、そう聞いてみる。

「う、うん！　全然変なことじゃないよ！　今度！　よろしくねリリカ！」

「うん。よろしくされるね、ルルカ」

変じゃなかったことに安心した。

でもさっきの大きな声といい、今の顔が赤くなっていることといい、ちょっと心配だ。

この前の体育のこともあるし……。

もしかして、疲れてるのかな?

調理部の部長をやりながらクラス委員の仕事もこなしてるんだから、当たり前かもしれない。

クラス委員の仕事、わたしだけでもしっかりやれたらいいんだけどな……。

○

クラス委員の仕事として、教室の後ろにある掲示物の貼り替えを頼まれた。

頼まれたのが放課後になる直前だったから、ルルカには調理部のほうに行ってほしくて、何も言わなかった。

このくらい、わたし一人でだって出来るもん。

先生は「いつもより量が多いから二人で分担するように」って言ってたけど……やることは今ある掲示物を取って新しいものを貼るくらい。

一人でもコツコツやっていれば、そのうち終わるはずだ。

「……よし、頑張ろう！」

今日は急いで帰る必要もないから、気をつけながらゆっくりやっていこう。

うっかり画鋲で怪我なんてしたら、ルルカに心配かけちゃうかもしれないし。

どうして一人でやろうとしたのって、絶対に言われちゃう……。

聞かれたら、きっと嘘なんてつけない。

ついたとしても、ルルカのことだから絶対に嘘だって見破られちゃうに決まってる。

それで素直に言ったせいでクラス委員の仕事が必ずルルカを通すようになったりなんてしたら、ルルカの部活の時間が短くなっちゃう……。

ルルカはそれでもわたしが怪我するよりはいいって言うと思うけど……こんなことも出来ないんじゃ、これからも足を引っ張るばかりだ。

それに、いつも楽しそうに調理部のことを話してくれるルカのことが好きなんだ。

それを守るためにも、頑張らなくっちゃ。

まずは今張ってある掲示物を全部取ってしまおうと、一つずつ画鋲を抜いていく。

ちょっと力がいるし、落としたら危ないから慎重にやっていこう……。

「そういえば、普段あんまりこういうプリントって見ないかも」

みんなが目を通さなきゃいけない大事なものは、大体の場合先生が持ってきて前の黒板に張っている。

ここにあるのは、色んな資格試験の申し込み案内とか、ボランティアの参加を募集しているプリントなんかだ。

熱心に見ている人も中にはいるけれど、必要がない人にはとことん縁のないものだ。

……わたしも資格を取れたらカッコいいなって思うけど、毎日の宿題で手一杯だからそこまで手が回る気がしない。

部活も、似たような理由で入らなかった。

あとは……体験入部を過ぎたら先輩が鬼のように怖くなるって噂を聞いてしまったことも入らなかった理由だ。

噂だから絶対にそうだとは限らないって頭では分かっているんだけど……もしも本当に

そんな風に怒られたら、たとえわたしが悪いって分かっていても泣いてしまうかもしれなかった。そして泣いてしまったら、もっと怒られるかもしれない。

怒られなくても、その場の雰囲気を壊してしまうかもしれない。

実際、小学生の頃はそうだったし……。

「……リリカって、なんて」

「なにやってるの？」

「きゃっ」

急に後ろから話しかけられて、ビックリして画鋲を落としてしまった。

丸い画鋲はわたしの手を離れて、離れた場所まで転がる。その先にいたのは……。

「リリカ？」

「る、ルルカ……!?」

部活に行ったと思っていたルルカが、そこに立っていた。

何も言ってないのに教室に戻ってくるなんて思ってなくて、ちょっと頭が混乱する。

「私は忘れたプリントを取りに戻ってきたんだけど……リリカ。どうしてまだ残ってるのかな？」

「えっと……」

ルルカが目の前で、笑っている。

普段なら嬉しいことなのに、今はものすごく怖い。

「その、クラス委員の仕事を頼まれて……」

「へぇ。どうして同じクラス委員の私が聞いてないのかな？」

「それは……その……」

素直に自分の考えを言うことも出来ずに、うつむいてしまう。

しばらくして、ルルカは息を吐き出した。

呆れられたかもしれないと思うと怖くて、自然と顔が上がった。

けれどそこにいたルルカは、穏やかな顔で笑っていた。

「きっとリリカは、私のためを思って一人でやろうとしてたんでしょ？」

「う、うん……」

「その気持ちはとっても嬉しいよ。でもね、私はリリカが私を頼ってくれるほうがもっと嬉しいんだよ」

「そうなの？」

「うん。そうだよ。リリカのために、頑張りたいって思うからさ」

「り、リリカもルルカのために頑張りたいよ！」

「知ってるよ。だから、二人で頑張れることは頑張ろう？」

ルルカはわたしに、問いかけてくる。

劣等感みたいなものを、感じないわけじゃない。

けど、ルルカの「頼ってくれるほうが嬉しい」って言葉は嘘じゃない。

それに、わたしがルルカのために頑張りたいって思いを一番分かっているのも、きっとルルカだ。

「……うん」

だからわたしは、頷いてから頭を下げた。

「ちゃんと連絡しなくて、ごめんね」

「こうやって気付けたから、大丈夫だよ。よし、続きやろう！」

「やろう！」

自然とルルカが画鋲を取る側になって、すぐに剥がし終わった。

今日の授業であった出来事なんかを話しながら貼っていくと、気が付かないうちに全部終わっていた。

それどころか、剥がす前よりも綺麗になっているような気がする。

なんでだろう？　ルルカマジック……？

た。

変なことは言ってないはずなのにどうしたんだろうと思っていると、ルルカが吹き出した。

「え、なに？　リリカ、笑うようなこと言った？」

「笑うようなことっていうか……もしかして、私が部活に入ってるから気を遣ってくれてたんだ？」

見抜かれてしまい、妙に気恥ずかしくなる。

けどルルカに隠し事も出来ないので、素直に頷いた。

「部活も大事だけど、クラスの委員になったからにはその役割もちゃんとやってみせるよ。だから、心配しないで」

まっすぐにわたしを見るルルカの目は、笑っているのにどこか真剣だった。

だからわたしは、もう一度頷いた。

「うん。もう変に心配しない」

しばらく二人で笑い合ってから、ルルカはわたしを見送ってから部活に戻っていった。

「ほら、二人でやったらすぐに終わったよ！」

「そうだね！　これならルルカも、早く部活に戻れるね」

わたしの言葉に、ルルカの表情がちょっとだけ固まった。

○

クラス委員として先生に頼まれていた通り、ホームルームのあとに出されたアンケート用紙を回収する。

学校の設備に関するアンケートで、問いの内容が書いてある用紙にそのまま書き込む形だった。

だからか、ちょっと量がある。

一人でも持てると思うけど、職員室までって考えると難しいかも……？

「用紙、もうみんな出してくれたかな？」

「うん。みんなには出してから教室を出るように行ったから、大丈夫だよ」

「そっか。もうみんないないもんね」

「半分こしようね、リリカ」

「分かった」

わたしの考えなんてお見通しみたいに、ルルカがそう言った。

クラスの人数はちょうど偶数だから、綺麗(きれい)に半分に出来る。

半分の用紙をそれぞれ持って、職員室に向かう。

「今回のアンケート、かなり細かくって大変だったよね」

まだ使ったことのない教室にまつわる設問もあって、混乱しながら回答することになってしまった。

「うん。こんなによく考えたなぁって、答えながら思ってた。これで学校生活が少しでも良くなるといいんだけどね」

「そうだね。あと、使ったことない教室が使えるようになったらいいのにって思う」

「確かにそれは思うかも。けど、難しいのかもしれないね。だから学年ごとに、使えるようになる教室が分けられてるんじゃない？」

「そっかー……体育館くらいだよね。全校生徒が使えるのって」

「うんうん」

職員室に向かう人はほとんどいなくて、廊下は静まりかえっていた。

わたしたちの歩く音だけが響いている。

早く登校した朝でもそんなことは滅多にないからちょっと感動していると、不意にわたしのお腹が鳴った。

慌てるけど、お腹を押さえることも出来ない。

ルルカがくすっと笑みをこぼす。

「リリカ、お腹空いたの？」

「き、聞こえてた……？」

「これだけ静かだと、聞こえちゃうよね」

「うう……」

お腹が空いたなんて思ってなかったから、すごく恥ずかしい。

「これを出し終わったら、調理部のほうで何か作ってあげようか？」

「え、悪いよそんな！」

「悪くないよー！　だって、リリカがお腹空いてるのに放っておけないよ」

ルルカは、とても柔らかい笑みを浮かべていた。

本当にルルカが優しい子だっていうのを、改めて感じる。

「でも、そこまで迷惑をかけるわけにはいかないよ……！」

意地を張っていると、また『ぐう』と同じお腹の音が鳴った。

「リリカがなんて言っても、調理部のほうに連れて行くからね」

「……う、うぅ」

ルルカの顔は、どこか得意げになっていた。

ルルカの料理は、確かに美味しいけど……今はその優しさすらも恥ずかしさを増す原因になってくる。

でも、きっとここで断ってもルルカは諦めてくれないだろう。本当に調理部に連れて行かれるのが目に見えてる。

どっちも恥ずかしいけど……そのほうが恥ずかしい。いっそのこと素直に甘えたほうがいいかもしれないと思ったわたしは、静かに頷いた。

「お願いします」

「任されました！」

ルルカがそう言ったところで、またわたしのお腹は鳴った。ルルカは「ちょっと多めにしておくね」と言ってくれる。……うう。

どうしてこんなに鳴るんだろう？

お昼ご飯、ちゃんと食べたはずなのに。

もしかして、成長期なのかな？　だとしたらもう少し、せめてルルカと並べるくらいは大きくなれますように……。

そうこうしている間に、職員室についた。

「集めたアンケート用紙を届けに来ました。失礼します」

「失礼します……」

先生たちの前で、鳴らなきゃいいんだけど……少し不安になってきた。

「先生、頼まれたアンケート用紙を集めて持ってきました」

「ああ、ありがとう」

先生は資料で埋まっていた机の上からいくつかを引き出しに戻して、その場所にアンケート用紙を置かせた。

そういえば先生の机が汚くなっている時は、テスト問題を作ってる時なんだっけ。

別の先生が、そんなことを言っていたような気がする。

「テスト問題、作ってるんですか？」

わたしの質問に、ちょっとだけ先生の表情が変わった。困っているような表情だった。

すぐに苦笑に変わると、「そろそろ問題を作り始めようと思っていたんだ」と言った。

「始めてなくて良かったよ、見られたら困るし。……リリカはどうなんだい？　テストに向けて、ちゃんと準備してる？」

話を振られて驚いたけれど、答えられる範囲で答えることにした。

「いえ……勉強苦手なんです。特に英語が、全然分からなくって」

「英語だけ？」

「え?」

「国語や数学は大丈夫なのかい?」

言われてみると、確かにあまり分からない教科が多い。

それに国語に関しては、古文がどうしても読めないし……数学も、数字や記号が増えるとなにがなんだか分からなくなる。

理科や社会も、分かっているとはとても言えない。

「……大丈夫じゃ、ないかもです」

思わず、うつむいてしまう。

先生は、やっぱりといった様子でため息をつくと、頭を軽くかいた。

そして少し迷ったあとに口を開く。

「リリカ」

「は、はい」

改まった真剣な口調に、思わず身が硬くなる。

「まだ中学校に入ったばかりで、学校のことを楽しければいい場だと思っているかもしれない」

「え、そんな……!」

そんなこと思ってないのに、どうして……。

「でも、これからどの教科ももっと難しくなっていくんだ。今から気を引き締めて勉強しないと、良い高校には入れないかもしれないぞ？」

「……はい」

わたしは頑張ってるつもりなんだけど……まだ頑張り足りないんだ。

もっともっと、頑張らないと……。

そう思うけど、急にすべてを否定されたような気がして、頭が真っ白になる。

うう。なんでこんなに、胸が詰まるような感覚になるんだろう……。

「それは先生の勘違いですよ。リリカは誰よりも努力しています」

ルルカの穏やかな声が、何も考えられない頭によく響いた。

「優等生のルルカが、リリカを庇う気持ちは分かる。けど、これはリリカのためを思ってね……」

「優等生だから庇うわけじゃありません。リリカの頑張りを隣で見てきたからこそ、そんな偏見で語られるのが許せないんです」

「ルルカ……？」

ルルカの、先生の言葉を遮るほどの強い口調に、ちょっと変な感じがする。

いつもの優しく接してくれるルルカからは、想像出来ない態度だ。

表情もどこか、引きつっているみたい。

けどルルカは気にした様子もなく、話を続ける。

「リリカがどんな風に考えて、どんな風に頑張っているのか、具体的には知りません。けれど少なくとも、リリカは真面目(まじめ)で頑張り屋なのは確かです」

「お、おお……」

先生が、圧倒されている……？

「それに頑張っているリリカがどの教科も分かってないってことは、もっと理解していない生徒がいるはずです。先生方の指導にも問題があるのではないですか？」

「う、まぁ、落ち着いて……」

「私はずっと落ち着いてますよ。先生こそリリカにあれこれ言う前にもう少し落ち着かれて、それぞれの生徒についてもっと考えてくれてもいいんですよ？　大体先生は、いつも話したいことが曖昧で……」

「わ、分かった分かった」

「ルルカ。リリカは大丈夫だから……」

先生が降参するように両手を上げたのと、わたしがルルカの服の袖を引っ張ったのは同じタイミングだった。

さすがにやりすぎだよ。いくらなんでも、そこまで言ったらダメだよ……！

まだ何か言いたそうにしていたルルカだったけど、わたしの表情を見て考える素振りを見せると「そういえば部活のほうに行かなきゃだったね」と言って穏やかな顔になった。

「それでは先生、私たちはこれで失礼しますね」

さっきまでのことなんて、何もなかったように笑うルルカがちょっと怖い……。

「あ、ああ……気をつけて帰れよ」

先生はそう言って手を振って、ルルカから目を逸らすように机に向き直った。

「ごめんね。リリカがお腹空いてること、すっかり忘れちゃってた」

職員室から出て、調理部に向かっている途中にルルカはそう言った。

わたしにとっては、それどころじゃなかったけど……多分、ルルカが触れないことに触れるべきじゃない。

さっきのことは、なかったことにしよう。

それにルルカは、わたしの頑張りを知ってくれている。

それでいい……それでいい、はずだよね……？

○

学校から帰って、制服を脱ぐ。

部屋着に着替えてベッドの端に座った途端、ため息が出てきた。

そのまま流れるように、横になってしまう。

ベッドに体が、いつも以上に沈み込んでいるような気がする。

そんなことを思ってしまうくらい、気持ちも沈んでいた。

今日の放課後のことが、頭から離れない。

それでいいと、やっぱり納得出来なかった。

そのことで悩んでいたせいで、ルルカの振る舞ってくれたお菓子の味もよく分からなかったくらいだ。

ルルカは力強く庇(かば)ってくれたけど……先生の言っていることが、全部違うとは言い切れない。

むしろ、そうかもって思う部分が多い。

頑張っているのに、ちゃんと出来ないことばかりだ。

全部が全部、空回りしているような気がする。

「なんでリリカって、ルルカみたいに上手く出来ないんだろう……」

……ルルカみたいにっていうのは、言い過ぎかもしれない。

ルルカはクラスの誰よりも、すべてのことを上手く出来るから。

でもわたしは、勉強も運動もそれ以外のことも、何一つとして上手く出来たことがない。

「どうしたらいいのかなぁ……」

このまま、ずっとこんな感じなのかな……。

そんな風に考えているとだんだん気持ちが暗くなって、どんどん体が重くなるのを感じる。

まるで体が金属かなにかになったような感覚がして、わたしは思わずため息をついた。

「今日は宿題のことは考えずに、早く寝よう……」

今は多分、いつも以上に頭が回らない。

明日は何もない土日だし、宿題も思ったよりは出てないからきっと大丈夫……。

「……でも」

何も上手く出来ないわたしだから、もしかすると宿題も間に合わないかも。

また、忘れてるものがあるかも。

そもそも……ちゃんと解けないかも。

何も出来ないと思うと、すべてが怖くなってきた。

「いやだ……」

どうしてわたしは、こうなんだろ……。

こんなになんにもないなんて、悲し過ぎる。

何か特別な才能が、一つでもあればいいのに。

「例えば……なんだろう」

上手(うま)く回らない頭は、その特別な才能のたとえですら、挙げることが出来なかった。

ルルカの幕間1

後日、私もリリカにお手洗いへついてきてもらうことにした。

これまでもタイミングが重なったりリリカが怖がったりして一緒に行くことはあったけど、リリカから提案されて一緒に行くっていう事実にドキドキしている。

何より、嬉しい。

「リーリカ♪」

そのせいで、それが声色にもにじみ出てしまった。

状況としてはただお手洗いに行くってだけなのに、あんまり浮かれてると変に思われちゃうよね。気をつけなきゃ。

「どうしたの？　ルルカ」

「一緒にお手洗い行ってくれる？」

「う、うん！　この前言ったもんね！」

「そうそう。だから、お願いしようかなって思って」

「うん！　任せて！」

いかにも任せてって感じで胸を張っているリリカ、かわいい……！

リリカの机の前に隠して置いてあるカメラで、ちゃんと今の撮れてるかな？

本当は今すぐにでも確認したいけど、目の前にいるリリカを肉眼に焼き付けるほうが大事だから、それは後の楽しみにとっておこうっと♪

二人一緒に、並んで教室を出てお手洗いに向かう。

「でもね、あれからリリカ考えたんだ」

いつになく真剣な表情で、リリカがそう切り出した。

「ん？　なにを考えたの？」

「七不思議って、本当にあるのかなって」

「……どうなんだろうね？」

「なにかの見間違いっていう可能性も、あると思うんだ」

「そっか。そうかもしれないよね」

怖いことを想像するだけで怯えてトイレに一人じゃ行けなくなっちゃうくらいなのに、そんなに気にしちゃうなんて……。

それだけでも充分にかわいいけど、もっとかわいいリリカの表情を見たくなる私がいる。

「確かめてみる？」

お手洗いに入って誰もいないことを確認した私は、リリカに提案してみた。

「えっ？」

キラキラとしたリリカの目が、大きく見開かれる。

「ど、どうやって……？」

「例えば、そうだなぁ……」

私は奥の個室を向いて、瞬時に作り話を考えた。

「誰もいないって分かってる扉を、叩(たた)いてみるとかどうかな？　そしたら、花子(はなこ)さんとか出てくるかも」

「ひぇ……」

ちょっと大雑把(おおざっぱ)な話にし過ぎたかなと思ったけど、リリカは生唾を飲み込みながら話を聞いてくれた。

その表情は、真剣そのものだ。

どうやら、信憑性(しんぴょうせい)を持たせられたようだ。信じやすいところは少し不安だけど……話している相手が、私だから安心出来てるってことだよね？

うん、きっとそうだ。それに、リリカを騙(だま)すような輩(やから)は私がぶっ潰せばいいだけだし。

そうなるともっと監視できる時間を長く出来るように、もうちょっと細工を施したほうがいいのかな……？

この前の一人で掲示物を貼り替えようとしてた時も、ちょっとどころかかなり危なげだったし……。

「る、ルルカ？」

そこで少しだけ震えたリリカの声が聞こえて、一気に我に返った。

これ以上リリカの前で考えることじゃなかった。危ない、危ない。

「大丈夫？」

「ごめん。ちょっとボーッとしちゃってた」

「もう！　ビックリするよ！」

顔にある不安は残したまま、ちょっといじけたような拗ねたような表情になるリリカもかわいい……！

「取りつかれたかと思ったんだからね」

「まだなんにもしてないんだから、現れたりしないよ」

「そ、それでも現れたら困るから……」

出ようとしていたのか、リリカは扉に手をかけた。けどそこで本来の目的を思い出したのか、リリカは固まった。

「……待ってるね。ルルカ」

ぎこちなく笑顔を作りながら、リリカはそう言った。私はお言葉に甘えて、お手洗いを済ませることにした。

その間にリリカは、沈黙が怖かったのか小さな声で歌い始めた。

かわいい……。

タイミングが悪くて録音出来ないことを悔やみつつ、個室から出て手を洗う。

個室から出た瞬間に見たリリカの顔は、まるで神にでも会ったかのように嬉しそうだった。

……ちょっと怖がらせ過ぎたかもしれない。反省。

かわいい顔見たさに、リリカをあんまりいじめるわけにはいかない。

もっと加減に気をつけなきゃ。

それか、私が除霊を出来るようになればいいのかな？

私自身が霊的な存在を信じてないから、ピンとこないけど……リリカのためなら、出来るようになってもいいかもしれない。

帰ってから調べてみよう。

急ぐリリカにつられて、私もお手洗いを出る。

「教室に戻りながらは、た、楽しい話がしたいな」

「うーん。リリカがかわいい話とか？」

「もう！　冗談やめてよー！」

「冗談じゃないよ！　リリカはいつでもかわいいよ？」

本当に冗談じゃないんだよ、リリカ。

第二章

クラス委員の仕事も、補習もない日の放課後。

わたしは部活にも入ってないから、そのまま帰ろうとしていた。

「リリカ、気をつけて帰るんだよ？」

部活があるっていうのにわざわざ玄関まで見送りに来てくれたルルカが、そう言った。

「うん。ルルカ、心配ありがとう。ルルカは調理部のほう頑張ってね」

「もちろん！　リリカに美味しいお菓子を食べてもらうためにも、頑張るよ！」

「ホント？　嬉しいな。楽しみにしてるね」

「うん。それじゃあ、また明日ね」

「また明日、学校でね」

見えなくなるところまで手を振って、見えなくなることを残念に思いながらルルカと別れた。

学校で何時間もずっと一緒なのに、それでも帰りに別れる時は寂しくなっちゃうのって、どうしてなんだろう？

……ルルカのことが、大切だからかな。

改めて考えると恥ずかしいけど、その通りだからなんにもおかしくなんてない。

ルルカも、同じように思ってくれてたらいいなぁ。

でも、いつかはルルカにも恋人が出来ちゃったりするのかな……。

今日聞いたアイちゃんの話を思い出しながら、そんなことを考える。

「恋人かぁ……」

わたしはまだ、恋人がほしいと思ったり、誰かのことを特別に好きだって思ったことはない。

けど、周りの子はそうでもないみたいだ。

誰かが好きだから、頑張ってアプローチしたい……なんて話は、休み時間にもよく耳にする。

そして誰かが告白するから応援しようって話になって、わけも分からず応援したことも何回かある。

でも、いざ自分と距離の近い友達に恋人が出来たって聞くと、なんだか不安になってしまう。

置いていかれてるって、いうんだろうか。そんな気がしてならない。

もちろん、今の世の中では恋愛する性別どころか恋愛をするかどうかから、自由に自分で決めることが出来る。

それでも、恋愛している人たちは輝いて見える。

それはもちろん相手を思ってのことだろうし、魅力的になって振り向いてもらいたいからもあるだろう。

それが相手にとっていいことかはさておき、輝いている姿っていうのは素敵だ。

実際、恋人について語るアイちゃんの目はいつもよりずっとキラキラとしていた。

それを聞いているキョウカちゃんの目も心なしか輝いているように見えたし……。

「……ううん！」

そこまでの考えを忘れようと、首を大きく横に振る。

そんなこと、考えてもしかたがない。

きっと疲れてるんだ。今日はもう、帰ってから色々早く済ませて寝てしまおう。

そう決めて、帰る道を歩き始める。

「いやっ、なにこれ！　やめて！　いやぁぁぁあああ！！！」

突然聞こえてきた悲鳴に、思わず肩が震えた。

どうしてこんな普通の道で、悲鳴が聞こえてくるんだろう……？

悲鳴はどうやら、お店のそばにある柱に寄りかかっていた女の人が出しているようだった。

表情が、明らかに引きつっている。けれど、どうして悲鳴をあげたのかは分からない。危ない人かもしれないと思って、その場から離れようとした。

けれど、離れることが出来なかった。

女の人のスマホが震えたかと思うと、一瞬にして黒々とした『なにか』が画面から出てきたからだ。

糸のようになっているそれらは絡み合うと、まるで動物のような、大きな塊となっていく。

そしてその黒い『なにか』は、地を這いずるような低い声の咆哮をあげた。

「なに!?」

「え、新作の怪獣映画の撮影？」

「にしてはカメラとかスタッフとか見当たらないけど……ドローンかな？」

辺りにいた人々が、スマホを手に取ってその光景をカメラに収めている。

突然現れた『なにか』の存在は、映画かなにかの撮影なんじゃないかと思わせる非現実さがあった。

けれど『なにか』は体から生えている手のような箇所を動かして、近くにあったお店の看板を破壊した。

その衝撃にようやく危機が迫っていると分かった人たちは、急いで逃げ出した。

道には誰かが手元から落としたらしいスマホが転がる。

手の内から『なにか』を生み出した女性は、その場に倒れてしまった。

「だ、大丈夫ですか……!?」

急いでその人に駆け寄って肩を叩いてみるも、反応はない。

どうやら、気絶しているみたいだ。

幸いにも化け物は彼女とは反対方面の、人が多くいるほうを向いているために、怪我はなさそうに見える。

女性が気絶してもなおその手に持っているスマホは、化け物を生み出したせいか画面が無残に割られていた。

そのことに心を痛めつつも、改めて『なにか』のほうを向く。

たくさんの悲鳴があがっている。

どうやら怪我人が出たらしく、それによってさらなる混乱も起きているみたいだ。

人々の声だけじゃなくて、防犯ブザーのような音も聞こえる。

もしかして、小さな子も襲われているのかな……？

「なに、これ……」

ようやく出てきた声は、震えていた。

だって、怖い。何より、ありえない。

学校から帰る道でこんなことになるなんて、とても想像出来ない。

なのに、どうして。

そもそもあの生き物は、一体何なの？

どういう意味があって、人を襲っているんだろう……？

なんにも、分かりそうにない。

「あーあ。あの子が来る前に、覚醒しちゃったノカー☆」

やや現状に釣り合わない、少年にも少女にも思える声が近くで聞こえた。

「覚醒……？」

「いつもより早いのカナ？　それとも、あの子が遅いノ？　どっちにしても、困るんだけどナァ……☆」

声が聞こえる辺りを見回すと、鞄(かばん)の中に入れていたわたしのスマホが光っていることに気が付いた。

その光り方が普段とはなんだか違っていたから、きっとそうだという確信を持って取り出す。

「一番困るのは、こういう時に限って候補者が周辺にいないことなんだネ☆　近くの子にも、連絡が出来ないシサ☆」

「……こんなアプリ、ダウンロードしたっけ？」

見慣れないキャラクターが、画面上で跳ねていた。

「あんまり能力には期待出来ないけど、他に候補も見当たらないシ……仕方ないから、力を貸してヨ☆　リリカ☆」

突然そのキャラクターがわたしに視線を合わせて名前を呼んだから、思わずスマホを落としてしまいそうになった。

すんでのところで、なんとか手に収める。

「え、なんの話……？」

「今からボクが、あの怪物を倒す力をキミにあげるからネ☆　その力で、キミはあの怪物を倒すンダ☆　いいカイ？」

「リリカが、倒せるの……？」

「……なんとかギリギリ☆」

『苦虫を噛みつぶしたような』という表現がこの前の国語の授業で出てきたけど、今のこのキャラクターがしている表情はきっとそれだろう。

マスコットみたいなキャラクターでかわいいのに、そんな表情をしていいんだろうか。

変に心配しちゃう……。

「ギリギリって、そんな……」

わたしじゃ、ギリギリのところでしか倒せないの……？

そうやって私が自分に絶望している間にも、巻き込まれる人はどんどん多くなっているみたいだ。

悲鳴が、絶え間なく聞こえてくる。

嫌だ。怖い。逃げ出したい。

そんな後ろ向きな感情が、頭を埋め尽くす。

「けど、キミじゃなきゃ倒せナイ……少なくとも、今のこの状況では☆」

マスコットの子が、頭に響かせるようにそう言った。

何も考えられなくなっていたわたしの頭に、その言葉はよく響いた。

今だけだとしても、わたしにしか倒せないんなら……。

「リリカに、戦う力をちょうだい」

たとえギリギリだとしても戦える力があるんなら、それを信じてみたかった。

「ふっ」

「え？」

「そうこなくっちゃネ☆」

マスコットの子は怪しげに笑ったように見えたけれど、すぐに元の無表情に戻った。

気のせいだったのかな……？

光が、スマホだけじゃなくわたしも照らしていることに気付いて、すぐにそんな細かな表情のことは頭からなくなった。

「なに、この光……？」

「変身に使うエネルギーだと思って構わないヨ☆」

「変……身……？」

その言葉自体、聞いたことはある。

いや、幼少期に、誰もが聞いたことのあるフレーズだろう。

いつもの自分とは違う衣装を身にまとって戦うヒーローやヒロインになるための、魔法の言葉。

けれど、ある程度大人（おとな）に近づいた……近づいてしまったわたしたちは知っている。

そんな言葉で、変わることは出来ないと。

でもこの子は、確かに言った。

この光は、変身に使うエネルギーだと。

これがいつもと何一つ変わらない状況で言われたんだったら、信じやすいと人から言われるわたしでも信じなかっただろう。

でも、今は普通じゃない。

実際に怪物が現れて、目の前で人々を傷つけている。

変身して戦えるんなら、人々を守れるんなら……！

「どうやって、変身するの？」

わたしは、マスコットの子にそう言った。その子は静かに頷く（うなず）と、「その光が教えてくれるからサ☆」と言う。

「光が……？」

どういう意味だか分からずに首を傾げ（かし）そうになった瞬間、頭の中に言葉が思い浮かんだ。

「リリカル☆マジカル！」

その瞬間、光がさらに強くなって、わたしを包み込んだ。

温かい光に包まれていると、身にまとっている衣装が次々と変わっていく。

「わわっ……！」

ピンク色の、いつか見たアニメ番組でヒロインがまとっていた衣装みたいなものを、私も身にまとっていた。

さながら、魔法みたいだ。

いつの間にか光はなくなって、その代わりに体の奥底から力が湧き上がってくる感覚があった。

それに不思議と怖さはなくなっていて、代わりに高揚感のようなものがある。

「魔法少女リリカ！　みんなのユメを奪うなんて、許さないんだから！」

勢いで名乗ってしまった。

しかも、決め台詞（ぜりふ）みたいな言葉まで自然と口から出ていた。

ちょっと、恥ずかしいかも……。

「って、これ……何……!?」

わたしは、全身をまじまじと見つめる。

一瞬のうちに、衣装が変わった。

かわいらしくてフリフリした衣装には、自然と心がときめいちゃう。

それに、なんだか勇気みたいなものも湧いてくるみたいだ。

さっきまで感じていた不安が、ウソみたいだ。

手には、魔法使いみたいなステッキがある。

それにしては重いんだけど……気のせいかな……？

「これ、もしかして魔法が使えるの？」

「……さっきも言ったように、キミにはちょっと難しいネ☆」

再び苦虫を噛みつぶされて、ちょっと凹んでしまう。そんなにわたしって戦う才能がないのかな？

「でも、攻撃自体は出来るから……遠くから攻撃を受けないようにして徐々に攻撃してヤロウ。ヒトビトのユメを守るんだ！　早く！」

マスコットの子は、怪物がいるほうを指差した。

そちらへ向き直ると同時に、ステッキを構え直す。

「困ったらそのステッキで殴ってもなんとかなるからネ☆」

……そうならないように、なんとかうまく立ち回ろう！

そういえば、いつの間にかマスコットの子が映っている自分のスマホが空中に浮いていた。

驚いたけれど、現実はそれどころじゃない。

わたしが変身している間にも、人々は襲われているんだ。

だから私は、急いで怪物のほうへと走った。

……やっぱりこのステッキ、重過ぎる気がする。

充分な武器かもしれないけど、そもそも困った時に武器として振るえるかな……？

ちょっと不安になってしまう。

怪物の真正面に現れるとさすがに向こうも気付いたらしく、わたしに向かって咆哮(ほうこう)をあげた。

耳を押さえたくなるほど大きな音に、思わず怯(ひる)みそうになる。

「単純な暴力型だから、攻撃を食らわないように気をつけてネ☆」

けれどそんな音なんて聞こえなかったみたいに、マスコットの子は冷静に言う。

「攻撃を食らわないようにって言われても……！」

でも、やるしかないんだよ、ね？

「とりあえず一発、全力でそのステッキを振ってみるんダ！」

「わ、分かった！　やってみる！」

言われるがままに、全力で力を込めてステッキを振り下ろす。

するとステッキの先から、ピンク色の光が出された。それは動きの遅い怪物に、見事に当たった。

「うわわっ……」

けれど光と音にビックリしてしまって、お尻から転けてしまった。

そして一発だけじゃ大したダメージを与えられずに、相手はちょっとよろけただけだった。

「何度もステッキを振るんダ！　そうしてパワーを溜めて、ドデカい一撃をお見舞いシチャエ！」

「パワーを溜める……？」

よく分からなかったけど、言われた通り必死にステッキを振る。その度に光も音も大きくなっていて、マスコットの子の言う通りのようだ。充分に大きくなったところで、怪物が足のような部分を抱えながら倒れ込んだ。もう少しみたいだ……！

「もう一度ダ！　地面に着くくらい、ステッキを振りかぶっテ！」

「う、うん……！」

言われて、とりあえず頷く。

自分の力を全部出し切るように、ステッキを振りかぶる。

すると、そのまま転けそうになってしまった。

それに、そこを狙って相手が襲いかかってくる。倒れ込んでいたのに、どこにそんな力が残っていたんだろう……！

「うわっ……！　わわわっ……!?」

咄嗟(とっさ)に避(よ)けると、勢いよく上に飛び上がってしまった。

怪物の背丈の半分くらいまで、わたしの目線の位置が上がる。

普段とは違う地面との距離感がちょっと気持ち悪い……！

襲いかかられたことよりも、その勢いのほうに思わず驚いてしまった。

そのせいで着地のタイミングが掴(つか)めず、またもお尻から倒れてしまう。

「いたた……」

「なにやってるんだヨ！　しっかりしてよネ！」

「そうは言っても……！」

ただ避けたはずなのに、思っていた以上に飛び上がってしまったらビックリするに決まってる。

きっと、魔法少女としての力なんだろうけど、こういうことは前もって説明していてほしかったかも……！

「魔法少女が見た目の変身だけして強化されなかったら、おかしいジャン☆」

わたしが言いたいことなんて全部分かっているのか、マスコットの子はそう言った。

肩をすくめるようにして、いかにもやれやれと呆れているみたいだ。

「でも、こっちも力が溜まっているし、相手ももう限界なハズ☆　もう一度、ステッキを振りかぶってネ！」

「わ、分かった！」

あんまりステッキを振りかぶり過ぎるとバランスが崩れるから、いい感じに調節しないと！

「よーし！」

改めて立ち上がって、怪物を睨みつける。

「いっくぞーっ！」

それから大きくステッキを振りかぶって、相手に向けて光を放った。

狙った通り、相手に大きな光が当たる。

激しい音がしたかと思ったら、怪物はそのまま苦しそうな声をあげて倒れた。

倒れた瞬間からさらさらと砂のようになったかと思うと、やがて跡形もなく消えてしまった。

「……終わった、の？」

肩で息をして問いかけると、マスコットの子は一瞬だけ口元を緩めてニコリと笑った。

その笑みに、得体の知れない恐怖を感じた。

たとえるなら、入部させるために大仰に褒めてくる体験入部中の先輩みたいな怖さだ。

なんだろう、うまく言い表せないけど……バカにされているのとは違う、上から目線……みたいな……？

「オ見事☆」

無表情になったマスコットの子がそう呟いて指を鳴らすと、怪物によって壊されていた建物なんかが元に戻った。

「わっ……！」

継ぎ目みたいな、壊れたのを直した跡も見当たらない。

まるで最初から、壊れてなんていなかったみたいだ。

「被害は多少出ているけど……ケガ人が出ていないから、間に合わせの変身としては上出来カナ？」

その声が、やけに辺りに響く。誰もケガを、していない……。

「それなら、良かった、の……？」

自分で話しながら、気が付いた。

辺りは、いつの間にか静まりかえっている。

周りをよく見てみると、通りがかりの人たちがみんな倒れていることに気が付いた。

「こ、この人たちは、みんな大丈夫なの……!?」

「あぁ、気を失っているだけダヨ」

気を失っているだけと言われて、安心してため息が出た。本当に、被害者は出ていないらしい。

「戦ってることが、一般人にバレるといけないからネ☆　こっちで処理して、記憶の改竄なんかをしてるんダ☆　気を失っているのはそのショックのせいかもしれないけど……そこはそこってことで、ネ！」

そんなノリで言うことじゃない！

言い返したかったけど、なんだか話なんて通じない気がしてやめておいた。

遠くのほうからは声や音が聞こえてくるけれど、近くにいる人はみんな意識を失っている空間。

耳に何かが入っているんじゃないかと思ってしまうくらい、静かだ。

それがとても奇妙で、今回の出来事の中でも特に異常に思えた。

今まで知らなかったけど、魔法少女や怪物がいる世界だと知ってしまったんだ。

まるで、異世界に来てしまったみたい。

「お疲れ様☆」

マスコットの子の声で、わたしの意識は現実に引き戻された。

そういえば、まだ名前も聞いていない。

「急だったのに、変身してくれてありがとう☆」

マスコットの子は、丁寧に頭を下げた。

そして画面には、アンインストールの文字が大きく映る。

「さて、もう危険な戦いに身を投じたくなんてないデショ？　キミも記憶の改竄をして、今日のことは綺麗さっぱり忘れてヨ☆」

「えっ……」

思ってもいなかった展開に、わたしはマスコットの子から一歩引いてしまった。

そんなわたしに、マスコットの子のほうが驚いている。

てっきりこのまま、怪物たちを倒すまで戦い続けるものだと思っていたから……。

急に突き放されてしまったようで、少し悲しくなってしまう。

もちろん、ここで解放されたほうがいいっていうのは分かる。

だって、危険な目に遭ったのは本当のことだからだ。

でも……。

ステッキを握るわたしの手に、力が入った。

「あのっ！」

「うん？」

「魔法少女として、これからも戦っちゃダメですか……？」

わたしがそんなことを言うなんて、思ってなかったんだろうか。

マスコットの子は目を見開いて驚いた。アンインストールの文字が、一瞬にして消える。

しばらく首を捻(ひね)ってから、口を開いた。

「……最初にボク、言ったよネ？　キミには戦う力が、あまりにも足りナイって。その状態で戦い続けるのは危険だ。今回だけにしておいたほうがいいヨ☆　大丈夫。記憶の処理はしてあげるから……」

「だとしても……！」

「……だとしたら逆に聞くけど、どうして戦い続けたいノ？」

そう返されて、言葉に詰まった。

変身なんて、特別なことだから。

そんな滅多(めった)にないものを、簡単に手放したくなんてないから。

だからだとは、素直に口に出来なかった。

「だ、誰かを助けられるんなら、助けたいから……」

だからわたしは、当たり障りのないことを理由にした。

さっき変身した時には誰かを助けたいと思っていたから、まるっきり嘘というわけじゃない。

ただ、優先順位が変わったってだけだ。

「ふーん。高尚なことダネ……」

マスコットの子は疑っているようだったが、それ以上何も聞いてこなかった。

「痣は大丈夫なノ？」

そう言われて、マスコットの子の目線が示したほうを見る。

すると、確かに靴下から見える足には痣があった。

お尻から転けた時に、ついたものかもしれない。

痣があると分かった瞬間に、不思議と痛くなってくる。

けど、痛がっていたら魔法少女になんて到底なれない。

そう確信したわたしは、必死にその痛みに耐えた。

「い、痛くなんてないよ。このくらいの怪我、慣れっこだし」

「……それはそれで、キミのいる環境に問題があるんじゃないかって思っちゃうんだケド？」

「え、いや、そういうのじゃなくて……！」

思いがけない反応に、慌ててしまう。

勢い余って言ってしまったことだけど、どうやらあんまり良い意味には取られなかったようだ。

改めて考えると、それはそうかもしれないけど。

わたしがたっぷり五分はあたふたとしてから、マスコットの子は頷いた。

「うん。それだけキミに正義感があるんなら、ひとまず考えてみるヨ☆」

「お、お願いします……！」

わたしはマスコットの子がスマホの画面越しにいると分かっていたはずなのに、思わず手を伸ばしていた。

伸ばした手が、画面にぶつかる。

その様子を、マスコットの子は不思議そうに見つめてきていた。

○

髪を乾かし終えて、ふと息をつく。

今日は、とんでもない出来事に巻き込まれて大変だった……。

というか、あの数々の出来事は本当に現実だったんだろうか？

怪物が現れたことも、自分が魔法少女に変身したことも……同じくらい夢だったのかもと思えるくらいに、現実味がない。

けれど、未(いま)だに痛みを感じる右手を見つめる。

そこには確かに、今日あの怪物からつけられた傷があった。

そして、スマホを開くと画面に出てくるのは見知らぬアプリ。

これがスマホに残っていることが、今日あった出来事が嘘(うそ)ではないことの証明だろう。

思わず手が触れて起動すると、マスコットの子もまた髪を乾かしていた。

マスコットの子は丸々とした目で、キッとこちらを睨(にら)んでくる。

「今はプライベートな時間なんだから、放っておいてヨネ！」

そのまま有無を言わせずに、アプリは終了した。

どうやら、起動も終了も勝手に出来るようになっているらしい。こんなに挙動がアプリ本位なもの、見たことない。

ウイルスソフトが反応しなかったから、大丈夫だと思いたいけど……本当のウイルスを入れられたらどうしようと、ちょっと不安になる。

今日の女の人のように、スマホが突然割れてしまう事態を想像する……きっと怒られるだろうし、しばらくないままで生活しなきゃいけなくなるだろう。もしすぐに買ってもらえたとしても、今度のお年玉かなにかから引かれてしまうかもしれない。どちらでも、ちょっと困ることに変わりはない。

……そもそも画面上に存在するマスコットが髪の毛を乾かしているって、かなり不思議だ。

世の中って、わたしが思ってる以上に不思議なんだなぁ……。

「何か用だったノ？」

ボーッとしていると、マスコットの子から声がかけられる。

そういえば、名前すら聞いてないことを思い出した。

「な……名前を、聞いてないと思って。なんて名前なの？」

「ボクはハピポン☆」

「そうなんだ。分かったよ。よろしくね」

「……よろしくしていいノ？」

信じられないといった表情で、ハピポンは言う。どうしてそんな表情になるのか分からなくて、わたしは首を傾げてしまった。

「だって毎回、大した理由もなく暴れ回る怪人や怪物……ディジェネレーターっていうんだケド……のせいで、あんな危険な目に遭うんだヨ？　今日ははじめての戦いだったのもあって、痣も出来ただろうしネ☆」

それは魔法少女を続けたいと言った時に返された忠告よりも詳しいものだった。ディ……理由もなく暴れ回っているというのも気になったけど、それ以上に思うことがあった。

「心配してくれてるの？」

心配という感情と目の前のマスコットキャラクターがなんとなく結びつかなくて、そう言った。

「それくらいするヨ☆　だって、戦える人間がいなくなるのは困るからネ☆」

「そう、そうだよね」

わたしの心に、その言葉はすごく優しく響いた。

「そんなに、戦える人間なんていないだろうしね☆」

「それはそうだネ。地球という括りで考えても、魔法少女の適性を持った人間は極わずかダカラ」

そう言われて、わたしは嬉しくなった。

滅多にいない、魔法少女に選ばれただなんて。なんて『特別』なことなんだろう。

しかも、頑張れば人を守ることも出来るんだ。目の前で怪物に襲われそうになっている人を助けられる……特別な力。

もちろんこの子の言うように、危険な目に遭うことは避けられないんだろう。わたしの命も、危なくなるかもしれない。

それでも、こんなに特別になったことなんてないから嬉しさのほうが上回っていた。

『特別』なことは、なんて素敵なんだろう。

「えへ、えへへ……」

「え……もしかして、ドM？」

「な、なんでそうなるの!?　違うよ！」

「だって危険な目に遭うって忠告されて、エヘエヘ言ってたカラ☆」

「そんな風には言ってないもん……！」

悪意のあるモノマネに、思わず頬を膨らませて言い返す。

けれどハピポンは、ケラケラ笑うばかりだった。

こんなに見た目はかわいいのに、少し……いや、かなり癖があるマスコットキャラクターだ。

「とにかく、これから頑張るからよろしくね！」

不安はあるけど、わたしが頑張りたいって思ったことだ。絶対に、人々のユメを守らないと。

「頑張ってくれると嬉しいヨ、うん。ヨロシクネー☆」

ハピポンは軽薄な口調でそう言うと、またも勝手にアプリを終了させて画面からいなくなった。

ルルカの幕間2

「ルルカは、魔力が多いヨネ？」

「え……何、いきなり。どうしたの？」

「いや、その、サ……☆」

「何よ。歯切れが悪いわね」

寝ようと思っていたところで、スマホが光り輝いた。

勝手にアプリが開いて、マスコットに声をかけられる。

いつになく真剣な表情をしていて、こんな表情も出来たんだと感心する。

もちろんその技術に感心するだけで、特に本人に対して感情が動くことはない。

いつも思うけど、このマスコットはＡＩにしては表情が豊かだ。

こんなすごい技術が使われているコイツを作ったのは、一体どんな人間なんだろうか？

ロクな奴じゃないってことだけは分かるけど、一度くらいは顔を見てみたいような気がする……。

単純に怖いもの見たさかもしれない。

まるで着ぐるみが中に人はいないと主張するように、作った人間なんていないっていつもはぐらかされるけど……無からこんなのが発生するわけない。

だから、開発者くらいはいるはずだ。

まず、自然に発生してほしくない。

犯人がいてほしい。

というか、このＡＩはほとんどのことをはぐらかすから生意気なんだよね。

「用があるなら、手短に済ませてよ。私は明日も学校で忙しいんだから」

「全然そんな風には見えナイ……待って、寝ないで、頼むカラ」

「珍しい、そんなに頼んでくるなんて」

なにか、よほどのことでもあったんだろうか。

「いや、ちょっと諸事情で魔力がまるでない人間と契約したんだけどサ☆」

「……どうしたの？　もしかして、もう私たちの戦いも終わりに近づいてるの？」

「え？　そんなことはないけどモ」

「じゃあなんで、魔力がない人間と契約なんてしたの？」

もう魔力にそこまで頼る必要がないくらい、弱いディジェネレーターしか残ってないのかと思った。

どうやら、そうじゃないらしい。

「その場に来られる魔法少女がいなかったカラ……って、そもそも元はと言えば、ルルカが現場に来なかったのが悪いんだヨ！」

「知らないわよ。好き勝手に開いたり通知鳴らしたりするくせに、今日はなんにもなかったじゃない」

「だからさ、それはバグなんだってバ☆」

「バグ……？」

むしろこのＡＩアプリ自体が、バグでしかないと思うんだけど……。

「嘘じゃないヨ！　本当に今日のデータを調べたら、送ったはずの救援信号が全部届いてなかったんだってバ！」

「はいはい」

「信じてないノか⁉」

よほど興奮しているのか、口調がいつもより荒くなっている。

でもこうすることで信じてもらいやすくするための『フリ』だって分かっているから、私は感情を動かされることはない。

「信じるもなにも、なんにも教えてもらってないからそういうことを考えたことがなかった」

「そ、そりゃあ機密事項ばかりダカラ……」

「それに、肝心な時に役に立たない通知なんて意味がないなーって思うし」

「う」

「その上、魔力がまるでない人間と契約して、私に泣きついてくるなんて」

「な、泣いてないしネ！」

「え……？」

冗談でからかったつもりなのだが、いつもの合成音声が涙声のようになっている。

こんな風に話せるんだったら、同情を買って変身してもらうことも出来るんじゃないの……？

魔法少女なんてまだ人の悪意にも触れたことがない女の子ばっかりなんだから、ＡＩの泣き声だって分かっていても可哀想に思えるだろう。

本当に出来が良い……いや、そんな簡単な言葉で片付けてしまっていいんだろうか？

やっぱり、底が知れない……。

もしも大切なリリカが関わったりなんかしていたら、コイツの存在を絶対に許せないと思う。

「……なに考えてるノ？」

「別に」

涙声をやめているから、私に涙声は効かないって理解したらしい。

ここまでの付き合いなのに、やらないと分からなかったんだろうか。

それとも、素で泣いて……まさかね。このマスコットに限って、そんなことは絶対にないと断言出来る。

「とにかく！　もうボクの気の迷いってことにしていいカラ！　どうしてそんなに魔力が多いのか教えて……！」

「知らないわよ、そんなこと。魔力がどうやって増えるのかも教えてもらってないんだから」

「ソウダッター！！！」

そのままマスコットは、流れるようにバックライトを落として見えなくなってしまった。

……底が知れないとかなんとかって、私の考えすぎだったのかしら……。

ただのバカな気がしてきた。

自分で言ったことと言ってないことの区別もつかないくらいだし。

あんなことなら、きっと今日の通知も本人が入れたって思ってるだけで、入れられてなかっただけなのかも。

だとしたら、たまたまその場に居合わせた魔力のない子っていうのは、たまらなく可哀想ね。

第三章

着信の音が、聞こえてくる。でも、なんだかいつもより遠くから聞こえるような……？

寝る前にはいつもと変わらない場所に置いたはずなのに、どうしてだろう……？

「あっ……！」

そんなこと思ってないで、早くベッドから出ないと！

慌てて起き上がって、スマホを探す。スマホは、いつもと同じ場所にあった。

あれ、じゃあなんで遠くから……？　だ、だからそれどころじゃないの！

ルルカがせっかくモーニングコールしてくれてるんだから、早く出なくちゃ！

「ル、ルルカおはよう！　ごめん、出るのが遅くなっちゃって」

『リリカ、おはよう。ううん、私のことは気にしないで。それよりどうしたの？　なんだか息があがってるけど、大丈夫？』

「あ、えと、その……」

ルルカは勘が鋭いから、嘘(うそ)をつくとすぐに嘘だって見抜かれてしまうだろう。でも今は本当のこと……昨日は魔法少女のことで興奮してあんまり眠れなかったことを言うわけにはいかない。なんて言えばいいのか分からなくて、口元には苦笑が浮かんでしまう。

「えっと、あの」

「どうしたの？　もしかして……すぐには私にも言えないくらい、大変なことをしたの？」

「ううん！　そ、そんなことないよ！　ただ……」

「ただ？」

「き、昨日の宿題でちょっと戸惑っちゃって……」

嘘じゃないけど、眠れなかった原因じゃない。これで疑われてしまったら、なんて返せばいいのかまったく思いつかないよ……どうしよう……。

「そうなんだ。もうやってるの？　もしやってないなら、学校で教えるよ」

「頑張って全部解いてはいるんだけど……ちょっと中身だけ見てもらっていい？」

「いいよ。それじゃあ、また学校でね」

「う、うん。また後でね」

そのまま通話は切れてしまった。嘘だと見抜かれなかったから、逆にすごく驚いてしまう……。心臓がドキドキしているのが分かる。

嘘をついてしまった後悔と、見抜かれなかった驚きが入り混じっている感じだ。

で、でも、嘘をつくのだってしょうがないよね。ルルカを魔法少女の戦いに巻き込むわけにはいかないし……。

ルルカならもし巻き込まれても、巧く対処出来るかも？

魔法だって、いっぱい使えたりするんじゃないかな……？

いやいや、もしそうだったとしても、危ない戦いに巻き込むわけにはいかないよ。

わたしが、頑張らないと。

「オハヨー☆　もしかして、誰かと話してたノ？」

「あ、うん。友達にモーニングコールしてもらって話してたよ」

ハピポンが起きた。ＡＩのはずなのに、どこか眠たそうだ。けれどモーニングコールという言葉を聞いた途端、険しい表情になる。

「……モーニングコールって、キミたちの世代で流行ってたりするノ？」

「どうだろう？　分からないけど、他にもやってるって子の話は聞くよ？」

「……まぁ、そんなに珍しいコトでもナイヨネ」

「うん、普通のことだと思う」

そう返すけど、まだ険しい顔をしていた。どうしてそんな表情をしているんだろう。何か気になることでもあるのかな？

そのまましばらく見つめていると、やがてハピポンはため息を吐き出した。……なんに対するため息なんだろう？

「考えても仕方ないことを考えてしまうくらい疲れてるミタイ！　もう少し寝るネー☆」

「寝るの……!?　お、おやすみ……？」

「オヤスミー☆」

そんなことを言って、ハピポンは画面を消灯させた。どこまでも自由だ。

ちょっとうらやましい。

でも、これから魔法少女として付き合っていかなくちゃいけないって考えると、難しさを感じる。

ずっとこんな感じだったら、大変かもしれない……。

そういえば、昨日寝る前にもハピポンのことを考えてたんだっけ。

この子のことっていうよりかは、マスコットキャラクターについてっていうか。

小さい頃にアニメで見た、こういう……魔法少女の変身をサポートしてくれるマスコットは、別の世界のふわふわとした生き物だったはずだ。

それで、性格もそんなに変じゃないっていうか……少なくとも、こんな風に何を考えているのかよく分からないってことはなかった気がする。

お互いを信頼して、鼓舞しあえるような仲間といってもいい存在。

それがわたしから見たアニメのマスコットキャラクターだった。

だから今、この子の姿と性格には驚かされている。

今時って言えばそうなのかもしれないけど、急にアプリがインストールされたのにはビックリしたし。

……いずれはわたしたちも、アニメのマスコットキャラとヒロインみたいになれるのかな？　分からないけど、そうだといいな。

まずは私がそれくらい、戦い続けられるといいんだけど……。

役に立たなくてやめさせられないように、しっかりしなくちゃ。

「リリカ、どうしたの？　もしかして、今日は休み？」

お母さんが慌てた様子で部屋に入って来て、そんなことを言った。わたしも慌てて首を振る。

「えっ、そ、そんなことないよ！」

そのまま視線を動かして、壁にかかっている時計を見た。すると、最近家から出ていた時間に近づいていた。

え、いつの間にこんなに時間が経っていたんだろう！

「貴方、最近早めに家を出てたじゃない。それなのに部屋からも出て来ないから、休みなのかと思って」

「休みじゃないよ！　急がなきゃ！」

のんびりしてる場合じゃない！

急いで着替えて家を出なきゃ！

何か言いたそうなお母さんには部屋から出てもらって、制服に着替える。

荷物は昨日の夜に準備しているから大丈夫だけど、顔を洗ったりご飯を食べたりしなくちゃ……！

○

朝に遅刻しそうになっただけじゃなくて、お昼までの授業にもまったく集中できなかった……。

ほとんどいつも途中までしか書けないノートだけど、今日はその半分も書けなかったような気がする。

さすがにここまで書けてないと何も分からないから、ルルカにノートを見せてもらわなきゃだよね……。

「うーん……」


だけど、本当に貸してもらっていいのか悩んでしまう。

ルルカのことだから、きっとわたしが頼んだら笑顔で貸してくれるだろう。

でも、申し訳ないことには変わりがない。

それに今日は、魔法少女についてのことをずっと考えていたせいでノートが取れなかったから……なんていうか、罪悪感が膨らんでいる気がする。

ルルカにそのまま話せるかっていうと、絶対話せない。

怒られる……ことはないだろうけど、ちょっと心配されるかもしれない。

どんな夢を見ているのって、そんな風に。

夢じゃ、ないよね……?

お昼休みになったこともあって、鞄からスマホを取り出す。

ホーム画面には、昨日急にインストールされたアプリがあった。

これを押したら、またハピポンが画面上に現れるんだろう。

彼（?）の自由さに振り回されてテンパってしまう自分が想像できるから押さないけど、このアプリがある時点で夢ではないことの証明になる。

だからこそ、真剣に考えてしまうんだよね……。

どうやったら、もっと強くなれるかっていうことを！

「リリカ、どうしたの？　ご飯食べないの？」

そんな時、ルルカから声をかけられた。慌ててスマホの画面を閉じる。

見られてないか心配になるけど、聞いて本当に見たよって言われるのも怖くて、何も言えない。

「あ……ちょっと気になることがあって。もうご飯食べてる？　待たせてたらごめんなさい」

「みんなはこの後で部活のミーティングがあるとかで、もう食べてるよ。私はリリカが来ないし何かし始めたから、気になって待ってたんだけど……」

な、何も言わないままだったから待たせちゃった！

ルルカも忙しいはずなのに、優しい！　けど、それと同じくらい申し訳なく思う……！

「スマホをじっと見てるかと思ったらぼうっとし始めたから、心配になって。どうしたの？　なにかあった？」

「え、な、なんにもないよ！」

私は慌てて笑って見せるけど、ルルカはやっぱり心配そうだった。

「そうかなぁ。今日の朝も、遅刻ギリギリだったじゃない？」

「そ、それは……せっかくモーニングコールしてくれたのにごめん……」

「ああ、そうじゃなくて……朝も言ったけど、それは本当に気にしなくていいよ。私はただ、リリカが心配なだけだから」

真剣な表情でそんなことをさらっと言うルルカに、ドキリとしてしまう。

こんなこと言われたら、一瞬で好きになっちゃうよね。

ルルカが人気なのって、ただ優しいからじゃないのかも……。

でも、本当のことを言うわけにはいかない。それが余計に、罪悪感を膨らませてしまう。

「る、ルルカが心配するようなことは何もないから大丈夫だよ」

「本当に……？」

ルルカがじっと、わたしの顔を見てくる。

「本当に！」

わたしは、力強く頷(うなず)いた。

ルルカに言えないことはあるかもしれないけど……わたしでも特別になれるかもしれない。だから、大丈夫。

「そっか。でも、なにかあったらちゃんと言ってよね。……っていうか、とりあえずご飯食べよう。お昼休みなくなっちゃうよ」

「う、うん！」

ルルカに促されて、スマホを閉じてお弁当箱を手に取っていつもの輪の中に入った。

……もしかして、特別になるって大変なことなのかな。

特別の象徴みたいなルルカを見ながら、そう思ってしまう。隠し事なんて、今までルルカにしなかったことだ。特別に、魔法少女にならなければしなかったこと。

これからもずっとしていくんだよ、ね？　それって、すごく大変な……。

けど、すぐにそうじゃないと否定した。わたしが特別に慣れてないからそう思うだけで、ルルカみたいな人たちにとってはそんなことないんだろう。わたしがもっと頑張ればいいんだ。もっと強くなれば、隠さなくてよくなるかもしれないし。

あれ？　でも、普通の人は記憶を消されるんだっけ？　どちらにせよ隠し事になっちゃうのかな。どうしよう……？

「リリカ。ちゃんと食べないと本当にお昼休み終わっちゃうよ？」

「あ、うん！」

どうやら、またぼうっとしていたみたい。また心配されたら、ルルカの目をしっかり見ながら嘘をつかなきゃいけなくなっちゃう！

今もう一回聞かれて嘘をつける自信がないから、出来る限り急いでご飯を食べる。

途中で咳き込んでしまって、結局ルルカに心配させることになってしまったんだけど……うう、なんでいつもこんな感じなんだろう。

こうなったら、何がなんでも頑張ってルルカたちをよく分からない怪物なんかから守らないと！　そんな使命感に駆られる。

「ルルカ、わたし頑張るからね！」

「え、何を？」

「べ、勉強とか、全部……！」

まずは魔法少女と学校の勉強を両立させられるようにしなくちゃ！

意気込んで答えると、ルルカの顔が曇った。

いつもみたいに応援してくれると思っていたわたしは、ちょっと悲しくなってしまう。

どうして一番リリカを応援してくれるルルカが、そんな反応をするんだろう。

「もしかして、この前先生に言われたこと気にしてる？」

「えっ、そ、そんなことないよ！」

魔法少女のことで、すっかり忘れてしまっていたくらいだ。

でも確かに、あんな風に先生から言われることがあったせいで、わたしがいつもと違うっていう見方もできるかも？

実際、言われた日には凹んでいたわけだし……。

「あ、あんなの気にしてないから！　ルルカが反論してくれたし……！」

「そう？　でも、言い過ぎって思ってたでしょ？」

「そ、それは……」

そう思ったのは確かだけど……そう思ってたことも、すっかり忘れちゃってた……。

「なになに？　先生に何言われたの？」

部活に行こうとしていたキョウカちゃんが興味を持ったみたいで、そんなことを聞いてくる。

時間は大丈夫なのかな？　ちょっと心配。

「んー……リリカの頑張りを否定するようなこと」

わたしがどう答えようか悩んでいたら、ルルカが先に答えてくれた、
キョウカちゃんは、特に驚くこともなく、けれど嫌そうにあぁと言った。

どこかため息混じりだ。

「あの先生って成績至上主義みたいなところあるよね。私たちも、部活なんかしてないで勉強しろみたいなこと言われたことあるし。意味分かんないし、いつの時代の価値観だよって思うけどね」

「みんなもそんなこと言われたことあるんだ？　じゃあ私の反論って、間違ってなかったのかも？」

「えっ、反論したの？　ヤバ。めっちゃ気になる！　その話、後で詳しく聞かせてね！」

「うん。ミーティング頑張ってね」

ルルカは笑顔で、キョウカちゃんを見送った。いつの間にか、残っているのはリリカとルルカだけになっていた。

「反論するのも変じゃないから、心配する必要なんてないよ」

……もしかして、全部気にしなくていいって言ってくれてるのかな？

「そ、そうだよね。あの先生ってちょっと厳しいから、仕方ないよね……ちょっと気にしてた。誤魔化(ごまか)してごめん」

「そうやって無理してでも元気に振る舞おうとするのも、リリカのいいところだよ。だから、リリカは何も心配しなくていいんだからね」

そんなことを言うルルカの表情は、なんだか少しだけ曇っている。心配しなくていいって言ってるのに、そんなルルカを見て心配してしまう。

っていうか、まだなにかあるんだろうか？

「……まだ、なにか心配するようなことがあるの？」

素直に聞くと、ルルカはハッとしたような顔になった。それから少しだけ頬を赤らめながら、「なんでもないよ」と言う。

「なんでもないの？　ルルカこそ誤魔化してない？」

「そんなことしてないよ。それよりリリカ、なにか頼みたいことがあるんじゃないの？」

「うあっ」

図星なので、変な声が出てしまった。やっぱりルルカは、なんでもお見通しだ。

「の、ノートを見せてください……」

「あはは。そのくらい、そんなに畏まる必要なんてないのに」

そう言って、ルルカは予想通りに笑った。うう、その笑顔がとてつもなく眩しく感じられちゃう……。

○

そして、放課後。

今日もルルカは部活があるにもかかわらず、わたしを見送ってくれた。

これもお手洗いに行くことを心配されることと同じように、ルルカじゃなかったら周りの人からからかわれてることなんだろうな……。

ルルカだからこそ、周りもそうするのを変だと思わないっていうか。

それとも、変じゃないのかな？　でも、他の子たちが同じことをやってるところを見たことないし……。

うーん、なんだか分からなくなってきちゃった。

そんなことを考えながら学校の玄関を出て帰ろうとしていたら、スマホの通知音が鳴った。

一度立ち止まって画面を見てみると、ハピポンがこちらを見て微笑(ほほえ)んでいる。

「キミに、魔法少女としての活躍の場をあげるヨ☆」

それって、つまり……!?

「すごく人のために貢献したいみたいだから、キミにでも倒せそうなくらいの強さの怪物はキミに回すことにしたヨ☆」

「あ、ありがとう……？」

「どういたしましテー☆」

人のために貢献したいっていう建前で特別になろうとしているから、人のためにって言われると自分の中で違和感を覚えてしまう。

でもそんな自分を知られてしまうと困るから、ありがとうと言っておく。

変な言い方になってしまったような気がするけど、ハピポンは気にしてなさそうだから大丈夫だと思いたい。

「今から戦いに向かうヨ☆　覚悟はいい？」

「う、うんっ！」

覚悟が決まっているとは思わなかったけど、ここで行かなかったらきっとすぐに辞めさせられちゃう。そう思ったから、頑張らなくっちゃという一心だけで頷いた。

「それじゃあ、駅前のビルに急いで行ってくれるネ？　今はそこに、ディジェネレーターがいるんダ」

「駅前のビルってことは……」

「左！」

言われた通り、左を向いて走る。そんなに遠くはないけど、走って移動するとなると疲れる距離だ。

こ、この速度で間に合うのかな……!?

心配になりながらも、走るしかない。

もしかしたら魔法少女っぽい移動も出来るのかもしれないけど、出来るんだったら最初から言ってくれてるだろうし……。どうなんだろう？

「……もしかして、魔法少女みたいに移動しようと思ったら出来たりする？」

目的地の近くについてから、わたしはダメ元で聞いてみた。

「それくらいなら使えると思うケド……どうして？」

どうやら、使おうと思えば使えたらしい。それなのに、教えてくれないなんて……！

「さ、先に言ってくれてもいいのに⁉」

「走ったほうが気合いが入るのかなって思ってサ……」

「そ、そんなこと……⁉」

もしかしてこの子、聞かないと答えてくれないのかもしれない。聞くっていっても分からないことばかりだから、聞くにも聞けないんだけどなぁ……やっぱり、付き合っていくのは難しそうだ。

「アレが今回倒すべき敵だヨ」

息を切らしながらも、ハピポンに促されてディジェネレーターの姿を確認する。

この前みたいに大きな怪物ではなく、狼(おおかみ)のような、犬のような姿をしている怪物が今回の相手のようだ。

しかも色は真っ黄色で、よく目立っている。

そこまで大きくないからか捕まえようとする人もいるみたいだが、素早い動きで相手を翻弄してから大きな口を開いて噛みついている。体よりも大きな口は、一体どうやって現れているんだろう……⁉　そして、さらに気になることがある。

「あれ、噛みつかれた人はどうなるの……⁉」

この前のは建物を荒らすのが主な行為だったけど、今回はどうやら違うらしい。

「噛みつかれたりした怪我は、さすがにボクも元には戻せないからネ☆　そのまま怪我をすることになるカナ☆」

「そんな……！」

許せないという思いが、わたしの中で膨らんだ。

それがキッカケとなったかのように、全身が光り輝く。

「リリカル☆マジカル！」

前回と同じように、叫んで変身する。

二回目だけどやっぱりかわいいと思う衣装と、重たいと思うステッキが現れる。

「魔法少女リリカ！　みんなのユメを奪うなんて、許さないんだから！」

以前と同じ名乗りが、思わず口から飛び出てくる。

そういう仕組みになっているんだろうか？

どういう仕組みなのかは、まったく分からない。

ちょっと恥ずかしいけど、こんなセリフを大きな声で叫ぶことってない。だから嬉しい気持ちも、少しだけある。

とか言ったらハピポンからはからかわれるかもしれないから、言わないでおこう。

今はとにかく、戦いに集中しないと。

叫んだことで、怪物がこちらに注目した。ジリジリと警戒をしながら、近づいてくる。

そんな怪物がいきなり飛びかかってきても対処が出来るように、目を逸らさずにじっと見つめる。でも、ちょっと見ただけでも充分すばしっこい相手にどうやって立ち向かえばいいんだろう。

ステッキから光を出してもいいかもしれないけど、そうしたら勢いよくこちらのほうに来てしまいそうだ。別の攻撃方法があればいいんだけど……もしかしたら教えてくれてないだけかもしれないけど、それをハピポンに聞く余裕もない。

そんな風に内心で焦っていたら、向こうから飛びかかってきた！

「きゃっ!?」

驚いて声が出てしまったものの、ギリギリのところで避けられた。

でも、本当に危なかった……。もしもう少し油断していたら、間違いなく噛まれていた。

「今ダ！　ステッキを振って！」

飛びかかるのを避けたおかげで、相手に少し隙が生まれた。

言われたようにステッキを振りかぶって、光を放つ。

すると、相手は慌てて逃げようと後ろを向いて走り出した。

「に、逃がさないんだから……！」

そう言って追いかけると、今度はこちらに向かって牙を剥き出しにして向かってきている。なんて忙しない動きをする怪物なんだろう。

この怪物もまた、誰かから生まれたのかな……？

そんなわたしの疑問など関係なく襲ってくる怪物に対して、必死にステッキを振るう。

当たっている感触はあるけど、ダメージを与えられていない気がする。もしかして、光じゃないとダメージを与えられないんだろうか？　だとしたら困る……！

「くっ……！」

防いでいる一方で、光を放っての反撃が出来ない。

そう分かってても、防ぐのをやめてしまったら噛みつかれてしまうかもしれない。それが怖くて、ずっとステッキを振り回す……。

「ギャンッ」

「アッ、相手のいいところに当たったみたいダ！」

ハピポンの言う通りらしく、怪物はひるんだ。この瞬間しかない！

「今こそキメるんダ！」

「う、うん！　えーい!!」

ステッキを出来るだけ高く持ち上げて、それから勢いよく振りかぶって怪物に光を当てる！

相手は犬のような悲鳴をあげると、そのまま黒い怪物と同じように砂のようになって消えてしまった。

「ヤッター！　ピースピース☆」

「ピ、ピース……？」

「あ、ニンゲンたちの記憶を消さないと！」

静かな空間は、やっぱり違和感がある。

一人だけはしゃいでいるハピポンにも、なんだか違和感……。

やっぱりこれから先が不安だけど、また怪物を倒せたんだ。

何もないと思っていた自分に、特別な意義が出来たような気がして嬉しい。

わたしには、魔法少女としても特別な素質があったんだ。それ自体も特別なのに、頑張って戦えている……それがすごく、すごくすごく嬉しい。

○

「そもそもあの怪物たちは、どうしてこの世界に現れているの？」

帰宅してから、ハピポンのアプリを開いてそう問いかけてみる。

ハピポンは気怠げにしていたが、やがて「そのくらい答えないとだヨネ☆」と言うとどこからかホワイトボードとメガネを取り出してきた。メガネに至っては、一瞬で装着された。

まるで変身みたいだ。この子が変身を促しているから、そういうことも出来るのかな？

それとも単純に、ＡＩだからなんだろうか？

一つ一つ聞いていたらキリがないくらい、疑問が浮かぶなぁ……。

「怪物たちは、人間が一人では抱えきれないような欲望なんかから生まれてるんダヨ☆」

「欲望なんか？」

欲望だけじゃないってことなんだろうか？

「人によっては、罪悪感だったりするんだよネ☆」

「そうなんだ」

「だから、とにかく抱えきれないくらいの感情から生み出されるって思っていいネ☆」

「なるほど……」

スマホから怪物を生み出したあの女の人は、一体どんな感情を抱えきれなくなってしまったんだろう。

もしかして、誰にも話せなかったのかな……？

だからこそ抱えすぎてあんなものを生んでしまったとしたら……なんだか悲しくなって、心臓の辺りが　キュッてなってしまう。

「悲しそうな顔をしているけど、最初に欲望って言った通り身勝手な感情で生まれることも多いんダ☆」

「え、そうなの？」

「そう。それに、怪物が元の人間を飲み込むと、その人間自体がディジェネレーターとして堕ちてしまうんダ☆」

そういえばディジェネ……なんとかは大した理由もないのに暴れてる、みたいなことを言ってたっけ？　怪物に飲み込まれるって、確かに悪いほうに向いちゃいそうだ……。

「だからこそ愚かな人間には警告をしなきゃっていうことで、キミたちの戦いはアニメとして放送されてるんだよネ☆」

「アニメとして……!?」

愚かな人間っていうのも気になったけど、それよりも気になってしまう。

え、どういうこと？

アニメって、何のことだろう？

「知らないノ？　結構前から、放送しているはずだケド☆」

「し、知らない。最近はアニメ自体、見ないことも多いし……」

「そういう人間が多すぎル！」

急にハピポンがホワイトボードを叩いたので、驚いてしまう。

「アニメを作る人間の技術力は凄マジイ！　それなのにアニメを見ないだなんて、とんでもなく損ダヨ！」

すごい熱量で言われてしまった。

技術はすごいんだろうけど……特に興味を持たない私としては、そうなんだと相槌を打つことしか出来ない。そんな風に打っていたら、アニメのすごさについてひたすら語られてしまった。

うーん……そんなにすごいのなら、動画サイトで公開されているアニメを後で見てみようかな？

……なにかを忘れているような気がするんだけど、一体なんだろう……？

○

それから私はハピポンからの戦ってほしいという知らせがあったら、出来るだけ戦いに向かうようにしていた。

その日は学校は休みだったけど、戦いに向かっていた。

ステッキを使って移動して、ディジェネレーターがいるという場所に向かう。走ったほうが速いような、ステッキのほうが速いような……そんな速度だけど、息切れをしないっていうだけで嬉しかったりする。

戦う前から息切れなんて、カッコ悪いもんね！

「今日の怪物は、あれ？」

目線の先には、ドロドロとした液状をしている濃いピンクの物体がある。それらから逃げるようにして人々が動いているので、きっとそうだと思うが……。

「そうだネ。……なーんかちょっと、想像と違うナ☆」

「え？」

いつもは言わないことを言われて、嫌な予感がする。

「いつも出来るだけ単純な暴力型のみに絞ってキミを呼んでいるけど、調査不足でなんらかの特殊な能力を持ってたらマジでごめん☆」

謝罪の言葉なのに、ウインクがつけられる。

しかも、ＡＩだからか妙に上手い。

「そんなに軽く謝られても……」

相変わらず、どういう反応をするべきなのか分からないリアクションばかりで困惑してしまう。

それに、そういうことを言うとあんまり良くないことが起きるような気が……！

「……ううん」

嫌な予感を振り払う。

被害はいつものように出ているので、戦うしかない。今回は建物や道路の汚染が中心みたいだ。微妙に変な匂いがするのも、ディジェネレーターのせいなのかな？　香水の……甘いけどちょっと強い匂い。匂いを放つ怪物ははじめてだから、ちょっと変な気持ちになる。

けど、いつもと同じように倒さないと。

ステッキを構えながら、徐々に対象の怪物に近づいていく。

最近は筋トレだけじゃなくて、出来る限りプロテインを摂取している。お小遣いで買える範囲のものでいいものをってことで、運動部の子にアドバイスをもらったりした。優しく教えてくれて、すごく嬉しかったのは記憶に新しい。

そんなみんなのためにも、頑張らなくっちゃ。

「よし、頑張るぞ！」

声に出して自分に活を入れてから、ステッキを大きく振り上げる。

そして、勢いよく振り下ろすと光がピンクの液体に当たった。

「……えっ⁉」

しかし、当たる瞬間にそれは消えた。

まるで最初から砂の状態になっているみたいだ。

どうなっているんだろう……？

「やっぱり単純な暴力型じゃなかったっポイ☆　ごめん！」

「謝ってないで、対処法を教えてくれると嬉しいんだけど……！」

「えっと、このタイプは見たことあるから……今思い出すから待ってテ！」

「えっ！」

まさかの、今から思い出すって。

そもそも本当に覚えているのかどうかも分からないし、不安だ。

このままぼんやりしていても仕方ないので、自分でも対処法を見つけることにした。

といっても、何も思いつかない。攻撃が当たらないんじゃ……。

とりあえず、もう一度試してみることにした。

今度はさっきよりも力を込めて、ステッキを振るった。するとまた消えてしまって、そのままの勢いでお店の看板に当たってしまった！

どうしよう！　これも直せるのかな⁉

「魔法少女の攻撃も直せることには直せるけど、あんまり壊されるとボクが大変だから気をつけてネ……☆」

わたしの考えを読んだように、ハピポンが呟いた。

「今回みたいに事故ならしょうがないケド、故意に壊されたら困るからそう言ってるだけで、あんまり気にしなくていいヨ」

さらに先回りをして、そんなことを言う。

わたしはあんまり使えないみたいだけど、強くて激しい攻撃魔法とかが使えたらあたり構わず使っちゃうかもしれないし……そう言われるのも、仕方ないかも。

でも、やっぱり攻撃が通じないのは痛い。

そうこうしている間にも、ピンクの怪物は地面のアスファルトを溶かしている。このままだと、穴が開いてしまうかもしれない……。

「……ん？」

怪物をじっと観察していると、背中のくぼみに大きな赤いマルがあるのを見つけた。

もしかして、そこが弱点？

それなら相手に弱点を見つけたと悟られないうちに倒せたほうがいいのかも……？

そう思ったわたしは、怪物に近づいてひとまず攻撃をする。消えても、現れたうちに光を放つ。そうして、赤いマルがこちら側を向くまで攻撃を続ける。

追いかけるのはちょっと大変だったけど、幸い向こうから攻撃してくることはないからなんとかなった。

「今だ！　その赤いマルを……！」

そう言われた瞬間に、赤いマルが表面に露出してきていた。わたしはステッキを振り上げて、出来るだけ強く叩きつける。すると、確かに当たる感触があった。

ピンクの怪物はドロドロと溶けて水溜りのようになった後、いつもみたく砂のようになって消えていった。

「危ないところだったネ」

「わたしは危なくないけど、溶けたお店や道路が心配だよ……」

「これは仮の姿で、もう少ししてたらリリカじゃ絶対敵わない相手になってたところだからネ」

「えっ、そんな！」

「良かったね、早めに倒せテ」

「う―――」

安心感で、よく分からない声が出てしまう。体から力が抜けて、怪我をしないくらいの勢いで足から地面に倒れ込んだ。

「ただ、これでかなり怪物を倒して実戦の経験値も積めてるし、ちょっとは魔力も上がってるネ。今度からちょーっと強い、ディジェネレーターと戦ってみようカー」

……わたしって、もしかしたらすごいのかも!?

嬉しさに、思わず立ち上がって飛び跳ねてしまった。

だって、確実に特別になれてきているんだ。強くなってるって、認めてもらえたし……

そんなに嬉しいことってない！　これからも魔法少女として、頑張っていきたい！

○

魔法少女として戦いはじめて、ちょっとだけ期間が経った。ちょっとっていっても、思ったよりも戦いに行く頻度が高かったから、体感としてはちょっとに思えない。

ほぼ毎日って言ってもいいかもしれないくらい、ディジェネレーターが現れていた。

こんなに魔法少女って大変だったんだと、かつて見ていたアニメのヒロインたちを尊敬する気持ちが強くなった。

疲れもあるから休みたい気持ちもあるけど、そういうわけにもいかないよね。人を救わなきゃいけないんだし……！　何より、その間にもっとやる気と魔力がある子が現れてしまったら大変だ。わたしが行く意味がなくなってしまう。

意味が少しでも出来るように、魔力が少しでも増えるようにと、無理のない範囲での筋トレも続けている。だからか、ステッキを握る力も強くなったような気がする。重さはあんまり変わっている気がしないけど……それでも、強くなったっていう自信がある。

「ルルカ、ここはわたしに任せて」

だからわたしは、ルルカにそう告げた。

体育の時間、最後の片付け。

ストレッチで使ったマットを片付ける時にルルカが一緒に運ぼうと言ってくれた。けど、わたしは鍛えているからそのくらい一人で出来るはず。

「え、どういうこと？」

「リリカが一人で運ぶよ！」

「えっ⁉」

「ふふん！」

ルルカは驚いた顔で、わたしとマットを交互に見ている。

これから一人で運ぶのを見せたら、もっと驚いた顔になるかな？　ちょっと楽しみになってきちゃった！

よーし、頑張って持つぞー！

わたしはマットを両手で掴んで、立ち上がった。

……が、重くてその場で固まってしまった。こ、こんなにマットって重いの？

ステッキよりは軽い気もするけれど……その大きさのせいもあって、一人で持つには重たすぎる。

そのまま動くことも出来ずに、その場で固まり続けてしまう。

は、恥ずかしい……。笑って余裕があるように見せるくらいだったのに、全然余裕がなかったなんて。こんなのってないよ……。

ルルカはというと、ものすごい笑顔でわたしのほうを見ている。まるでお母さんみたいな……すべて分かってたみたいな……うう！　余計に恥ずかしくなってきた！

「リリカにも、そういう時期ってあるよね」

そう言いながら、ルルカはマットの反対側を持ってくれた。もう少し頑張ってカッコよく決めたかったけど、このままだと着替える時間がなくなってしまう。

だからわたしは黙ったままルルカの助けを受け入れた。

「ありがとう……ごめんね、変なこと言っちゃって」

運び終わって、更衣室に向かいながらルルカにそう言った。ルルカは嫌味のない笑顔で、大丈夫だよと言ってくれる。

「リリカの新しくてかわいい一面が見られて、嬉しかったから」

「な、何それ！　かわいくなんかないよ！」

むしろなんてマヌケなんだろうって思ってもおかしくないのに……！

「かわいいよ。……あ、バカにしてるわけじゃないんだよ？」

「う……ルルカがリリカのことバカにするわけないことくらい、分かるけど……」

「うん。そうだよね。だから本当にかわいいと思ったんだよ？」

今日のは褒められても恥ずかしくなる一方だから、それ以上の反応に困った。

「でもリリカ、なんで急にあんなことしようと思ったの？」

そう聞かれて、思わず肩を震わせてしまった。

「な、なんとなく……」

「そっか」

曖昧な答えをすることしか出来なかったけど、特に追及されることはなかった。

魔法少女としての活動を続けているうちに、変な自信がついただなんて言えない……。

言ったら、今回こそ怒られるかもしれない。

でも、あんまり自分に自信のなかったわたしに自信がついてきたんだ。悪いことばかりでもないと思いたい……。

○

委員長としてもっとわたしが頑張れば、ルルカが楽になる。

前にそう考えたけど、上手（うま）くいかなかった。

でも魔法少女になった今なら、本当に実現することが出来るかもしれない。

体育に使うマットと違って、筋力が必要ってわけじゃないけど……心意気とかの気持ちみたいなものって大事だと思うし。

魔法少女になれるわたしなら、きっとそのくらい出来るはずだ。

ルルカはそんなこと考えなくていいって言ってくれたけど、楽になるんならそうしたほうがいいと思う。

「リリカが一人で出来そうなことは、ルルカに知らせないでリリカに知らせてほしい……？」

そう思い立って自分で色々考えてから、先生のところに行ってそう告げた。先生は怪訝そうに繰り返すので、わたしは頷く。

「どうしてそんなことを？」

「ルルカは部活の部長をしているし、それ以外にもみんなに頼られることが多くて忙しいと思うんです。だから……」

「だが、前にルルカからは出来る限り二人で一緒にするから、自分に言ってほしいと言われたし、そのほうがいいと思……」

「せ、先生は……ルルカの負担がこのままでいいと思っているんですか！」

前もってシミュレーションをして考えていた言葉を、先生にぶつける。

こう言えば、きっと先生はそうか、それならって頷いてくれるはず……！

「このままで良いとは思わないが……リリカが一人で無理をするほうが、ルルカの負担が増えるはずだ。だから、今のままにしておこう」

「え、あ、う」

頷いてくれなかったし、わたしじゃ頼りないってことを言われてしまった。

そんなに頼りないのかなぁ……。

それに、そんなに率直に言われると悲しい。

何よりこんな展開になるとは思ってなかったから、何も言葉が出てこない。

「リリカ、こんなところにいたんだ」

「あ……」

ルルカには内緒にして昼休みに来たのに、見つかってしまった……！

「先生。教室に忘れ物してましたよ」

なんてタイミングなんだろう。

率直に辛口なことを言われるよりも、先生を嫌いになってしまいそうだ。

「ああ、ありがとう……？」

先生は何故かさっきと似たような怪訝な顔で、ルルカからノートを受け取った。どうしてそんな顔を……？

いや、そんなことどうでもいい！

今はとにかく、この場をなんとかしてきり抜けなくっちゃ！

「そうだ。ルルカが決めたほうがいい」

「なんのことですか？」

この場を……きり抜けなくっちゃ……。

……無理かも。

「いや、リリカが自分一人で出来そうなことは、ルルカに言わないでほしいって言ってきてな」

「そうなんですか！」

ルルカは、わたしのほうを見ながら頷く。うう、ルルカの視線が痛いよ……。

「リリカがやる気っていうんなら応援してあげたいけど……最近ずっとこんな調子なんですよね。だから、一回話し合ってみます。いいよね、リリカ？」

「う、うん……」

有無を言わせないルルカの目に、頷くしかない。そんなルルカの対応に満足したのか、頼んだぞと先生は言ってそのまま席に座り直した。

「リリカ、最近どうして一人で全部やろうとするの？」

ルルカに促されて職員室を出てから、そう聞かれる。

「もしかして、私から離れたかったりするの？」

「そ、それは違うよ！」

「そう？　それならいいんだけど……それでも、やっぱり心配だよ。急にそんなこと言い出すんだもん。何かあったとしか思えないよ」

「えっと、あの、心境に変化があったっていうのは本当なんだけど……」

「そうなんだ。どうして？」

「どうしてって言われると、言葉にするのが難しいっていうか……」

「ふぅん……？」

ルルカの疑うような視線ですべてを見抜かれてしまいそうで、すごく怖い。

でも、それでも言うわけにはいかない。変に言っちゃったら、ルルカまで危険な目に遭っちゃうかもしれないし……。だとしてもわたしが助けられたらいいんだけど……！　でも、本当に助けられるか分からない。もしかしたらその時だけ、ものすごく強い怪物が現れるかもしれないし……そんなことになったら、きっと今のわたしじゃ助けられない。

うん。言うとしてももっと強くなって、どんな怪物からもルルカを守れるようになってからにしよう。

「リリカ。もうすぐ昼休み終わっちゃう」

「えっ、あ、ごめん！」

言われて、予鈴が鳴っていることに気がついた。二人で急ぎ足で教室に戻る。

「……そんなに考え込んじゃうくらい、言えないことなの？」

不安そうなルルカの声に、言えないことに対する罪悪感をひしひしと感じる。でも、言っちゃったらルルカが危険になるかもしれないし、それを助けられるか分からないし……

「ルルカ、リリカ頑張るからね！」

助けられるようになったら、一人でマットを運んだりも出来るようになるかもしれない！

「……勉強とかを？」

「勉強とかを！」

不安そうなルルカを励ますように、明るく言った。わたしがもっと強くなれば、一人で色々出来るようになって、ルルカを心配させることもなくなるはずだ。

うん！　やっぱり頑張るのが一番大事なことだよね！

ルルカの幕間3

「リリカ」

「どうしたの、ルルカ？」

なんでもない顔でリリカは、私に笑いかけてくる。この笑顔を見ていると、魔法少女なんて物騒なものからは遠いところにいるんじゃないかと思わされる。

でも、気になることはちゃんと確かめなきゃいけない。

それに、万が一ということがある。

もしも関わっているんなら、早めに遠ざけたほうがいい。

「何か、私に隠してることない？」

「えっ、え、急にどうしたの……？」

リリカの顔が、一気に曇る。

私のせいで笑顔が消えてしまったことに胸を痛めながら、話を続けた。

「ほら、最近のリリカっていつも怪我をしているから……なにか、危ないことをしているんじゃないかと思って」

「そ、そんなに怪我してるかな？」

「毎日見てるんだもん。それくらい分かるよ」

リリカのこと以外どうでもいいって思ってる私が言うんだから、間違いない。

私が真剣な表情をしながらそう言うと、リリカは両手の指を絡めはじめた。

リリカが嘘をついている時なんかにする仕草だ。魔法少女に関わっているかどうかはともかく、何か後ろめたいことがあることは間違いない。

けれどこの表情のリリカをこれ以上問い詰めるのも可哀想だし……何より、自分のタガが外れてしまうんじゃないかって怖くなる。可哀想はかわいいって言うし、実際それは事実だし。

可哀想はかわいいって言葉を考えた人はすごい。

じゃなくて。

今はこれ以上、追及しないほうがいいのかな……？

「えっと……最近、もっと動けるようになりたいから運動をはじめてね！」

「うん、それは知ってるよ」

「そ、そうだよね。ルルカが一番、リリカの近くにいるんだもんね」

「そうだよ」

リリカもそう思ってくれてると知っちゃうと、口元が緩みそうになる。

うーん、リリカと話してると、シリアスになるのって難しくなっちゃうのかも……。

もちろん、それがリリカのいいところなんだけどね。

そして運動をしているのは一番近くにいる以上知っている。

リリカはおっちょこちょいだから、それで怪我をしてしまったとしても無理はない。いつもそばにいてあげられたらいいけどそういうわけにもいかないから、最近はクラスの人をリリカの近くに引き寄せて様子を見てもらうって形にしてはいるけど……それでも、心配なものは心配。それに、どうして急に運動をしようと思ったのかが気になる。

だって、魔法少女のステッキは重いから。

私は魔法でなんとかしているけど、そういうわけにもいかない魔力の子もいるっていうのはハピポンから聞いている。そういう子はどうしているかっていうと、やめるか……体力をつけようとするらしい。

嫌な予感が、さっきからずっとしてしまう。

そうじゃない、そんなことないって思っているのに、どうして嫌な方にばかり思考が動いてしまうんだろう……。

「……運動をはじめたのは、どうして？」

何も反応しないでほしいと思いながら、そう言った。

きょとんとした顔で、どうしてそんなこと聞くのって言ってほしかった。

けど現実は違っていて、リリカはスッと私から目を逸らした。

そんな、そんなことって。そんなことってあるの？

「リリカって、魔法少女なの？」

思わず、ストレートに聞いてしまった。多分もう、そうなんだろうと思いながら。

案の定、リリカの表情が嘘をつく時と同じ歪み方になる。

「な、何それ。リリカ、そんなの知らないよ」

……思考が、真っ白になる。

何も考えられないんじゃなくて、何も考えたくない。

だって、そんなことってないよ。私は、一体なんのために戦ってきたの。

「……知らないんなら、いいんだけどね」

今の私には、そう返すことしか出来なかった。

第四章

ルルカに魔法少女なんじゃないかと疑われてしまった日から、しばらく経ったある日の放課後。

わたしの読みたかった本が入っているということで、一人で図書館に来ていた。

ルルカはというと、用事があるらしくて早く帰ってしまった。魔法少女じゃないかって疑われるのは怖いけど、ほとんどいつも一緒にいるから、ちょっと寂しい気持ちもある。

でも……あれから何度も考えているけど、どうしてあんなことを聞いてきたんだろう？ルルカは魔法少女なんて、架空に近い存在を信じるような子じゃないのに。どちらかというと、もっと現実を見ているようなタイプだと思っていた。

もしかして……ルルカがあのハピポンを作った本人なんだろうか？　ルルカなら、きっとやろうと思えばそれくらい出来るだろう。そうだとしても、全然おかしくない。

……けど、なんだか違うような気がしてしまう。野生の勘っていうか……直感っていうか。

でも、アレコレ考えても疑われてしまっているのは間違いないことだ。これからは、もっと怪我をしないように気をつけよう。うん。

そして、今は早く本を借りて帰ろう。

今日は早く学校が終わる日だし、ちょっとくらい本を読んでも大丈夫だと思うし……。

そう思ったところで、鞄に入れてあるスマホが鳴った。図書館ということで、一斉に周りから注目を浴びる。わたしは恥ずかしくなって、本も借りずに急いで図書館から出た。

人がいない階段の近くまで早足で行って隠すようにスマホを開くと、ハピポンが怪物が出たことを知らせている。

「早く行こうヨ！」

「えっ？」

珍しい言葉に、思わず驚いてしまう。いつもはここでやめておく？とか無理しないほうがいいよって、気を遣われるのに。やっぱり強くなっているからかなと思うと、自然と笑みが浮かんじゃう。

「……なーんで笑ってるのサ☆」

「あ、ごめん！　でもなんか、嬉しくなっちゃって……」

「嬉しい？」

「だってほら、リリカもちょっとは強くなったからすぐに行こうって言ってくれてるんでしょ？　嬉しくなるよ」

ハピポンはこちらを一度見つめてから、顔を逸らして大きなため息をついた。

「な、なんでため息!?」

「いや……そのやる気と釣り合うくらいの魔力がキミにあれば良かったのにと思ってサ☆」

「……そうだね」

わたしもそう思う。そうだったら、どれだけ良かったか……。

「でも、今回はそれとは関係なく急がなきゃいけないんダ」

「え、そうなの！　……それはどうして？」

「……ちょっと、ボクの口からは言えないカナー」

「どういうこと……？」

「とにかく！　急ごう！」

学校だっていうのにハピポンは浮き上がり、スマホの微妙な質量でわたしの背中を押した。何がなんだか分からなくて気になるけど、今は人を助けなきゃだよね……頑張らなくっちゃ！

「……あっ」

早足で階段を駆け下りていたら、先生に見つかりそうになってしまった。急がなきゃいけないのに、なんてタイミングなんだろう……。怒られないくらいの速度で歩きながら、先生が去るのを待つ……。

「今ダ！　急ぐヨ！」

ハピポンの小声に促され、そこから早足で学校を出る。

出てからはステッキを使って、現場に急行する。

……なんだかちょっと、この時点でカッコいいかもしれない。現場に急行するなんて、お巡りさんくらいしか使わない気がするのに使っちゃったし……よく分かってないのに、嬉しくなっちゃう。

そうして辿り着くと、怪物が人を襲っていた。一番最初に遭遇したような、大きくて黒い怪物だ。人が大勢いるところを狙ったらしいが、そこまで被害は出ていないようだ。逃げてくださいと声を張り上げている人のおかげだろうか。わたしが来たからにはもう大丈夫ですよと心の中で声をかけながら、変身をする。

「リリカル☆マジカル！」

ピンクの衣装を身にまとって、ステッキを手に構える。

「魔法少女リリカ！　みんなのユメを奪うなんて、許さないんだから！」

まだ名乗りには慣れない。いつか慣れて、もっと格好良く名乗ってみたい……！

いつもと同じように、光を放って攻撃しようとする。しかし、今回の怪物は以前の相手よりも大きい。かなり根気強く攻撃し続けないと、倒すのは難しいだろう。でも力の調節を間違えてまた転んでしまったらどうしようと、不安になってしまう。

……ううん。魔法少女は、そんなことは恐れない！

やれることは、やらないと！

そう思ったわたしは、出来る限りの力を込めてステッキを振りかぶった。いつもよりも勢いがついてずっと重くなるステッキに、思わず手を離してしまいそうになる。そんなことにも魔法少女なら負けないという一心で、なんとか堪える。

そのままステッキを振り下ろして、光を放つ。

けれど怪物は、素早い動きで攻撃を避けた。あんな大きな体で、どうやって素早く動いてるんだろう……⁉

「そんなぁ……！」

叫ぶと同時に、振りかぶりすぎた反動で地面に倒れ込む。

「いたたたた……」

魔法少女の力なのか、骨が折れたりはしてないと思うけど……それでもものすごく痛い。うう……避けられるなんて思ってないよぉ……。

この前のが、上手くいきすぎたのかな？　どうしよう……。

でも、諦めるわけにはいかない。せっかく強くなってきてるんだ。ここで踏ん張らないと。

もっと強くなって、魔法少女の中でもさらに特別になるために！

そう思って自分を鼓舞しながら、なんとか立ち上がる。

「あ、そんな！」

怪物が、意識を失って倒れ込んでいる人に攻撃をしようとしている！　急いでその人の前に出て、なんとか攻撃を防ぐ。すると怪物はまるでムキになったように赤くなると、何度も何度も攻撃を繰り返してきた。

こ、このままだとこの人たちに危害が及んじゃう……！

なんとかして攻撃する方向を変えられないかどうかって思うけど、手はステッキで攻撃を防ぐことでいっぱいだ。このままだと、押し負けてしまう。

なんとかならないのかな……!?

……ここは力で押し通すしかない！

怪物の攻撃にも負けないくらいステッキに力を込めて振りかぶる！　すると怪物がひるんだので、その隙にもう一度出来る限りの力でステッキを振りかぶる。今度は避けられないように、ギリギリまで近づいてからステッキを振りかぶった。

怖くない！　魔法少女は怖がっちゃダメだ！

ギリギリまで近づいて怖くなかったかと言えば嘘になるけれど、人を守るためなんだって思えばなんとか出来た。光は怪物に当たって、怪物を砂のようにする。

怪物はいつもみたいに、最初から何もいなかったように消えてしまった。

訪れる静寂の世界。今日も無事に、怪物を倒すことが出来て良かった……！

「リリカ」

変身を解除してほっと息をついていたら、名前を呼ばれた。

……あれ？　普通の人なら今は意識を失っているはずなのに、どうして？

不思議に思いながらも、名前を呼ばれた方向に振り返る。

そこに立っていたのは……。

○

「る、ルルカ……！　もしかして襲われて……だ、大丈夫だった？」

そこに立っていたのは、見知った顔の人物だった。

「私は大丈夫。でもリリカ、もうやめて」

「る、ルルカ……？」

助けた人の中に、ルルカがいたみたいだ。用事があるって言ってたから、もしかしたら帰る途中で巻き込まれたのかもしれない。災難だったなぁ……でももしかしたら、同じようにわたしと同じ学校の人が巻き込まれている可能性もあるよね？　気をつけてほしいけど、気をつけるのも難しいから結局何も言えそうにないや……。

でも、助けたのにどうしてルルカは怒っているように見えるんだろう？

わたし、頑張ったのに……。

「なんでこんな、危ないことをしてるの」

「危ないこと……？」

「そうでしょ？　見てたよ、リリカが戦っている姿。戦うってだけでも大変なのに、人を守りながらだなんて」

「そ、そんなことないよ！　人を守れるって思ったら、やり甲斐があるっていうか……」

建前なのか本心なのか分からなくなってきたことを言っても、ルルカはまだ気が立っているようだ。いつもは怒らないから、余計に怖く感じちゃうよ……。

「そんなやり甲斐、誰に教わったの？　あのマスコット？　だとしたら、私が一言言ってやるから」

「な、なんて言うの……？」

「そうね……一通り文句を言ってから、リリカをやめさせるように言って聞かせようかな」

「や、やめて……！」

　思わず、ルルカに対してそんなことを言っていた。ルルカにあまり否定的なことを言ったことはなかったから、わたしもだけど、ルルカも驚いているようだ。それから徐々に、ルルカは本当に心配そうな顔をする。

「どうして？　あのマスコットに脅されでもした？　大丈夫。私が上手く話してみせるから」

「そ、そうじゃないの。わたし、自分でなりたいって言ったの」

　ルルカがまた、驚いた表情になる。それからすごくつらそうな顔にもなっていく……。

　ルルカにこんな表情をさせていると思ったら心が痛むけど、このままやめさせられるのはどうしても嫌だった。

　だからわたしは、きちんと話す。

「元々間に合わせみたいな変身だったたし、魔力もないって言われてるけど……それでもこれまでに何体か、さっきみたいな怪物を倒してきたんだよ。ハピポンにも強くなった、って……」

ルルカはまるでふらふらと、倒れ込みそうになった。

わたしは急いで駆け寄って、ルルカの手を握る。

その手は、どういう感情で震えているんだろう。やっぱり心配なのかな……？

「……リリカはきっと、あのマスコットに騙されてるんだよ」

「な、なんでそんなこと……!?」

「詐欺師と一緒だよ。巧みな話術で、そんな風に乗せられちゃってるんだって」

「そ、そんなことないよ！」

同意を求めて、ハピポンのほうを向いた。

するとハピポンは顔面蒼白になっていた。どうして……？

よく分からないけど、同意は期待出来ないみたいだ。

「……これからもっと強い怪物みたいな存在が出てきたら、どうするの！」

「わ、わたしももっと強くなる！」

わたしがそう答えた途端、世界に声や音が戻ってきた。だからかルルカは、開きかけた口を再び閉じてしまった。これ以上長くここで話すわけにはいかないって思ったんだろう。

それか、用事を思い出したのかも。

「……とにかく、お願いだからよく考えてみて」

ルルカはそう言ってから、無理やりな笑顔になった。

「今日は……今は、一緒に帰ろう？」

「う、うん」

急いでハピポンのインストールされているスマホを鞄(かばん)に入れて、ルルカと一緒に帰る。

ルルカのほうから学校であったことを話そうとしてくれたけど、どうしてもぎこちない感じになってしまった。

うう、なんでこんなことになっちゃうんだろう……。

わたしは、特別になっちゃいけないのかな？

そんなことないよね？

それなのに、どうして……。

○

ルルカに、魔法少女であることを知られてしまった。それに、そんなの危ないからって止められもした……。

でも、わたしはそれを聞き入れなかった。

だって、せっかくなることが出来た『特別』なんだもん。手放したくない。

それに一度やめてしまったら、もう二度となれないだろう。

そうなったら、また地道に頑張って特別を目指さなきゃいけない。でもそんな風に頑張っても、もう特別になれないような気がする。だって、魔法少女以上の特別なんて存在していないと思う。

だから、魔法少女であり続けたい。

そうわたしが言ってもルルカは不安そうな顔をしていたし、よく考えてって言われてしまったけど……わたしはよく考えているんだけどな。

ルルカからしたら心配なんだろうけど、怪我だって受け入れてのことだ。痛いけど、それも頑張った証だっていうし。

こうやって反発を買うのだって、きっと特別だからだ。

ユメを追いかける人が反対されるような話なんて、いくらでもあるし……きっとそういうことなんだろう。

そう考えるとやっぱり魔法少女って特別だし、やめたくない。何よりルルカが巻き込まれたんだ。また巻き込まれないとは限らないし、クラスメイトや知っている人も襲われるかもしれない。向こうは覚えてないかもしれないけど、それでも助けられるんなら……。

あれ？　どうしてルルカは、わたしが助けたことを覚えていられたんだろう……？

なんだか嫌な予感がするけど、気のせいだよ、ね……？

○

ルルカに魔法少女であることを知られて、止められた日の次の日。

学校では特にそれらしいことを言われることもなく、普通にルルカは接してくれた。

いつ魔法少女についてまた説得されるか分からなくて、一日中ビクビクしちゃって疲れちゃった……。

そんな中で帰ろうとしていたところ、スマホから通知音が鳴った。

校舎から出て道路に入っていたので、一旦立ち止まってスマホを確認する。

意外にも、ハピポンからの通知だった。ルルカに止められたから、しばらくはもう何も反応はないと思っていたのに。

「あの、怪物が現れてるんだケド……良ければ、止めに行ってくれナイ？」

やっぱり、一応は止められたのが響いているせいなんだろうか。

ハピポンはやや控えめに、わたしに怪物が現れたことを知らせてくれた。

この前ルルカから目を逸らせないまま顔面蒼白だったのは、怯えていたからなのかな？

やっぱり、ルルカがこのハピポンを作ったから……？

だとしたら、ルルカがまるで知らない存在みたいに話していたこの前のは、一体なんなんだろう。

わけが分からなくて頭は混乱するけど、特別であることを続けたいのは変わらない。

「あんなことがあったのに、誘っていいの？」

でもマスコット的には大丈夫なのか気になったので、そう聞いてみる。

ハピポンは遠慮がちな微笑をやめて、ニヤリと笑った。

「そんなことでめげるリリカじゃないデショ？」

随分と挑発的なセリフだったが、わたしを奮い立たせるのには充分だった。

魔法少女たちも、最初は危ないって止められるものだ。それでやめてたら、特別にはなれない！

「ここでめげてる場合じゃないもんね！」

「それに扱いやす……ゴニョゴニョ」

ハピポンは笑顔でなにかを言おうとしていたけど、よく聞き取れなかった。

「ん？　それに？」

「ううん！　なんでもナイヨ☆　それで、行くのかナ？」

「もちろん、行くよ！」

「そうこなくっちゃネ☆」

わたしはハピポンに促されるまま、怪物がいるという地点に急いで向かった。

「あれ……？」

向かった先。

「ただの人……？」

そこには、いつものような怪物はいなかった。その代わりにというように、怪しげな女の人が立っている。パーカーを目深（まぶか）に被（かぶ）っていることと、短すぎるくらいのショートパンツがよく目立っている。ちょっと直視しづらい……。

とはいえ怪しげとはいっても人間の姿をしているし、これから怪物が生まれてくるところなんだろうか？

それとも、場所を間違えた？

それにしては、周りの建物がかなり荒らされているんだけど……この女の人が、既に倒したのかな？

「気をつけテ！」

けれどハピポンは、そんなことを言う。

「ごめん。まさか怪人がいるなんて……！」

「怪人……？」

ということは、あの人はディジェネレーターの人……？

そんな風には見えないと思ってもう一度女の人を見ようとした。でも、さっきまで女の人がいた場所には誰もいなかった。

「油断すると、痛い目を見るよ♪」

「うっ……！」

いつの間にか女の人はゼロ距離まで近づいてきていて、お腹を蹴られてしまった。

ヒールの先が鋭くて、ものすごく痛い……!!

「卑怯ダゾ！」

ハピポンが声を荒らげる。けれど女の人は、バカにするように鼻で笑った。

「戦いに卑怯もなにもないでしょ。バカなの？」

女の人は、被っていたフードをあげた。綺麗な顔が露わになる。

それと同時に、無数の触手が彼女の体を中心に出現した。

まさしく怪物、いや、ハピポンの言葉を使うなら怪人……！

「でもまぁ……変身するくらいは待ってあげる」

いかにも余裕って感じで、触手をまるで髪の毛のようにいじりはじめてしまった。

思わず呆気にとられてしまうけど……怪人であれなんであれ、倒さなきゃいけないことには変わりないよね！

「余裕ぶられるのは癪だけど……変身しようネ！」

「う、うん！」

ハピポンに言われるまま、変身をする。

「リリカル☆マジカル！」

足が震えている気がするけど、きっと気のせいだ。

「魔法少女リリカ！　みんなのユメを奪うなんて、許さないんだから……！」

いつもの名乗りもなんだか弱々しくなってしまった気がするけど、それも気のせいだ。

魔法少女は、こんなことじゃ挫けない。

そうでなくっちゃ、ルルカに反抗して魔法少女としてあり続けることすら難しいだろう。

わたしはステッキを振りかぶる。そして、先端から光を放った。

怪人は、触手で光を受け止めた。一瞬で光は砕け散る。

「これだけ？」

「……まだまだ！」

ステッキを出来るだけたくさん振って、光をいっぱい放つ。

けれどそれは一つ一つ、最初の光と同じように触手によって砕かれる。

「ど、どうしよう……！」

全然わたしの攻撃は効きそうにないし、ハピポンはもはや笑いながらこれは最悪すぎるかもと言っている。

怪人は変わらず、ニヤニヤと余裕そうに笑いながら攻撃を避け続けている。

こんな状況で、どうすればいいんだろう。

……いや、どうするかなんて考えちゃダメだ。どうにかすることだけを、考えなきゃならない。わたしは今、魔法少女なんだから。きっと、どうにかする術があるはずだ。

「そろそろ飽きたから、こっちから攻撃させてもらうね」

怪人の女の人は、ため息を吐き出してそんなことを言った。

そして、触手が白く光りだす。

そんな……！　同じように、光を放って攻撃してくるの……!?

どうやって避ければいいのか分からずに、その場でワタワタしてしまう。

ハピポンが逃げてって言ってるような気がするけど、逃げたらまた周りに被害が出てしまう……！

「リリカル☆マジカル！」

その時、そんな声が辺りに響いた。それと同時に、光が辺り一面を埋め尽くす。わたしは目を開けていられなくて、思わず目を閉じてしまった。

次の瞬間、大きな音が聞こえる。だから慌てて目を開けると、ディジェネレーターの放った光を、別の光が受け止めていた。その光は、わたしが変身する時のものとよく似ている。違うところといえば、ピンクではなくオレンジってことだろうか。

……オレンジということに、何かが引っ掛かる。

「魔法少女ルルカ！　ユメを光に！　愛を届けに！」

名乗りの声は、聞いたことがある声だった。それどころか、いつも聞いている。

わたしは思わず、その場に力なく座り込んでしまった。

現れた魔法少女は、なんとルルカだった！

どうして、ルルカが……？

ルルカは素早くディジェネレーターの怪人に近寄ると、ステッキで殴りかかった。怪人は急いで避けたように見えたけど、ステッキの先から光が飛び散り、それが当たった。

あんな戦い方もすることが出来るんだと、驚いてしまう。

でも、ルルカがやっているんだと思うとあまり違和感はなかった。ルルカなら、戦いだって完璧にこなせるに決まってる。

「オレンジの魔法少女が来るなんて、聞いてないんだけど!?」

怪人は、思わずといったように舌打ちをした。

そしてそのまま、考えるような素振りをしたかと思うと……姿を消していなくなってしまった。

あっけない結末だ。ただでさえ体には力が入らないのに、そのことにも安心して体から力が抜けてしまった。しばらくの間は、立ち上がれないかもしれない。

「ルルカが、魔法少女……？」

何よりも、その事実がわたしを動けなくしていた。

ルルカはこちらに振り返ると、どこか悲しそうな顔で笑った。そのまま変身を解除して、わたしに近寄ってくる。

「リリカに関わってほしくないから言ってなかったけど……実はそうなんだ」

ただでさえ完璧なルルカが、魔法少女として戦っていたの？

そんな、そんなのって。

わたしは、目の前が真っ暗になるような感覚がした。

「リリカ、すっごく顔が疲れてるよ。うーん、苦戦したんだからしょうがないか……。私が家まで送るから、一緒に帰ろうね」

「うん……」

それから家に帰ったけど、その道中のことは何一つとして覚えていない。

気がついたら部屋のベッドに横たわっていた。

お母さんからの晩御飯よという言葉で、目が覚めたくらいだ。

ルルカと交わした言葉も覚えてないから、ずっとぼうっとしていたんだろう。

後で謝っておかないと……。

そう思って晩御飯を食べてからスマホを手にとっても、メッセージを送るのが躊躇われた。怖いっていうか、嫌っていうか……。

思い出すのは魔法少女としてのルルカの姿だ。

それはひどく美しく、そしてひどくわたしの心を傷つける。

「わたしよりずっと、様になってた……」

変身する時にディジェネレーターの攻撃を受け止めていた強い光は、きっと魔法だろう。

あんなに強そうな魔法を使えるなんて……魔法少女としても、わたしは敵わない。

もちろん、ルルカに敵うだなんて思ってない。

でも、魔法少女はわたしの特権だと思っていたんだ。それが違ったなんて。

「わたしにはやっぱり、なんにも出来っこないのかな」

魔法少女としても、ハピポンに止められるくらい才能がないんだ。

リリカなんて、リリカなんて……！

○

今日は、学校がお休みの日だ。

朝ごはんを食べてすぐの早い今の段階から課題をやったほうがいいのは分かるけど……なんにもする気力が湧いてこない。

よくないって分かっているけど、もう一度ベッドに入って寝転がっていた。

スマホから何回か音がしたのは、きっとルルカからの心配するメッセージを知らせるものだろう。

返さなきゃいけないって分かってる。

分かってるけど、勉強机に置いたまま放置してしまっている。

申し訳ない気持ちでいっぱいなのは事実だけど……それだけじゃない感情も、自分の中にあるのが分かる。

魔法少女は、わたしだけの特権だと思っていた。

けど、どうやら違ったらしい。

しかも他にもいる魔法少女は、なんとルルカだった。

……どこにも勝てる要素はない。

あの様子だと、魔力だってたくさんあるんだろう。

どうしてルルカには、あんなにいろんな才能があるんだろう。努力しても届かないんだから、きっと最初から備わっている才能こそが大事なんだろう。

わたしには何もない。

努力しているはずなのに、もっと頑張れと言われてしまう。

それに対して、自分で反論出来る力も持っていない。

なんて無力なんだろう。

……こんなことを考えてしまう自分にも、モヤモヤしてしまう。

人を助けるためになったっていう、建前のほうが大事なのに。

特別になることにばかり気を取られてしまって、魔法少女としてこれからやっていく自信がない。

そんなことだから、特別になれないのかもしれない。

そう思うと自分の全部を否定するような気がして、悔しくて涙が出てしまう。


「特別になりたいと思うのって悪いことなのかな……」


なんにもない自分を変えたいって思うのは、変なことなのかな。自分になにか欲しいって思うのは、何か間違っていることなんだろうか。

……それとも、不純な動機で魔法少女になったのがよくなかったのかな。

ちょっと怪物を倒せたからって調子に乗って。

出来もしないのに、体育のマットなんて運ぼうとしたし。

結局運べなくて、ルルカの手を借りてしまったし……。

この前も怪人の女の人に苦戦して、ルルカに助けてもらった。

それまでにも、いっぱいルルカの手を借りてきた。

わたしは結局、ルルカがいないと何も出来ないんだ。

それはルルカの特別さを、これでもかというくらいに教えてくれている。

ルルカのことは好きだけど、ルルカがいないとまるで何も出来ない自分のことは嫌いでしかたがない。

わたしは、いつまでも特別になれないのかな。

ルルカの幕間4

リリカが怪人を相手に苦戦し、そこに私が助けに入った日の夜。

「リリカ、大丈夫かな……？」

ディジェネレーターの怪人を相手に苦戦していたからか、顔に疲れがすごく浮かんでいた。家まで送り届けたから大丈夫だとは思うけど……心配で仕方ない。けど、あんまり気にするのもよくないだろう。

これ以上気にしすぎると過保護になって、鬱陶しいって思われるかもしれないし……今でも細かいところを気付かれてないからそんな風に思われてないだけで、過保護だという自覚はあるけど。

でもでも、そのくらい気にかけたいくらいリリカのことが好きなんだからしょうがないよね!?

……なんて、誰に言うわけでもない言い訳をしてしまうくらいには、リリカのことを心配している。

メッセージくらいは返ってきてほしいっていうのが本音だけど……きっといろんな感情

を抱いているんだろう。

あんまり刺激をするわけにもいかないから、催促のメッセージも送らないし、既読がついているかどうかも見ない。じっと堪えている。

流石にずっと堪えているわけにもいかないし、リリカの写真を見ると余計に落ち着かなくなるのは目に見えている。

だから落ち着くために数学の問題を解いていたところで、スマホが鳴った。

画面を見ると、マスコットからの通知のようだ。無視してもよかったけど、後で色々言われることのほうが嫌だったので仕方なくアプリを開く。

「一応聞きたいんだけどサ」

「なにを？」

不機嫌そうな顔をしているマスコットに、質問を投げかけられる。

「なんであそこで戦ってるって分かったノ？」

「リリカの髪飾りに、盗聴器をくっつけたの」

「……いつ？」

「私がリリカの髪を結び直した時に、さりげなく」

「それ、髪の毛を解くまで計算して……」

「なに？」

マスコットは引いているようだ。さっきまで不機嫌そうだった顔が、まるで怯えてるみたいになっている。自らが怯えることなんて、多分ないだろうに変なの。

「仕方ないでしょ。魔法少女になったのもショックだけど、私がそれを知らなかったことがもっとショックだったんだから」

「仕方ないでしょでそんなことする……？」

犯罪に手を染めてるんだ……というような顔をしてくるが、やっぱり魔法少女になる少女に対しての正常な倫理観は持ち合わせてないんだろう。「まぁ、今回はそのおかげで助かったからいいや」とだけ言って、そのことについてはそれ以上触れてこなかった。有り難いことだけど、そもそもリリカを危険なことに巻き込んだのはこのマスコットだ。許さない。許されることじゃない。

「……私のスマホの中にいなかったら、手を出していたところよ」

「なんでそんな怖いことしかしないノサ⁉　魔力も高くて魔法少女として相応しいんだから、それらしく振る舞ってクレよ！」

「その言葉、そのまま返すわよ。魔法少女に仕えるマスコットなら、マスコットらしく振る舞ったらどう？」

「マスコットらしく振る舞ってるじゃないかネ。この姿なんてまさに、マスコットそのもの！　素晴らしいくらいだネ」

「……………そうかもね」

確かにその姿は、マスコット以外の何者でもない。

ただそれは見た目の話であって、性格とか振る舞いのことじゃない。というかむしろ、性格は悪い。それを言っているにもかかわらず、分かっているはずなのに見た目の話にすり替える時点でやっぱり性格が悪い。

これはもう最初から理解していることだけど……こんなマスコットを信頼して変身までしてしまったリリカの今後が心配になってくる。

かわいいから、いろんな類の変な人に狙われるだろう。そこでもちょっと期待されたり優しくされたりしたら、素直になんでも言うことを聞いてしまうかもしれない。

だって魔法少女なんていう怪しい存在になってしまうくらいだし……。先になっていた私がいうのも変な話だけどね。

「それで、どうしてリリカを魔法少女にしたの？」

「この前話をした通り、誰も反応しなかったからだよ。それ以外に理由なんてないネ」

「最近呼ばれることが減ったのは、あの子に全部押し付けてたせいね？　扱いやすいとでも思ってるんでしょう」

「そ、そんなこトナイよ☆」

「図星ね。変な発音になってるから」

「う、うるさいナ!!」

私としては、リリカには普通に過ごしてほしい。ディジェネレーターの怪物や怪人と戦って、怪我をしてほしくない。痛い思いをしてほしくない。

だから、先に根回しをしておく。

「リリカの分まで頑張るから、あの子のことはいつか魔法少女から解放してあげて」

「それは前も言ったけど、本人次第で……」

「じゃあ、私がディジェネレーターを全部倒す。そうしたら、そもそも魔法少女がいらなくなるでしょ？」

私の言葉に、マスコットはゴクリとつばを飲んだ。表情と口調からして、ハッタリで言ってるわけじゃないって分かったんだろう。

「ルルカがそう言うなら、それを信じてみるヨ☆　魔法少女がいらない、ユメを奪われない世界がいいに越したことはないしネ☆」

マスコットにしては随分と落ち着いた口調で、そう言った。嘘ではないと、こちらも信じたいところではある。

「でも、気をつけテ☆　魔法少女としての適性が高ければ高いほど……」

「知ってる。ディジェネレーターとしても適性が高いから勧誘には気をつけて、でしょ?」

マスコットは、静かに頷いた。何度もその言葉自体を聞かされたし、ディジェネレーターに堕ちた子の話も聞いたから嫌というほど頭に残っている。

でも、私はそうはならない。リリカのことを、守りたいから。

……本当にそれで、いいんだろうか?

リリカはきっと、魔法少女として頑張っていきたいんだろう。だからこそ、私の忠告を振り切ってでも魔法少女を続けたいと思っている、はずだ。

それを邪魔することは、この前の先生がしたこととなにが違うんだろう。

頑張りたいと思うことをふいにしてしまうのは、果たしてこの場合は正しいことなんだろうか。

……魔法少女は危険な課業だ。マスコットのいいようにされているんなら、その危険さはグッと高まる。それにリリカは、魔力も足りていないようだった。いくらステッキに強めの物理的な力があるとはいえ、それじゃあ怪人には敵わない。これから先、ずっと苦戦を強いられるだろう。ますます危険だ。

でも、それでもリリカは頑張りたいんだ。

だったら、その苦境を応援してこそ真の親友なんじゃないだろうか？

っていうか、私がリリカの足りない部分をカバーして、二人で頑張っていけばいいんじゃないかな？　そのくらいの力はあるわけだし。

「なにを考えてるノ？」

「これからのリリカとの戦略」

「やめさせようとしてたノニ？」

「本人次第って、アンタが言ったんじゃない。そういうことよ」

「どういうことなんだカ……」

頭の中で、危険な目に遭っているリリカを助けるシミュレーションをする。……どんな目に遭っても、リリカはかわいくて困っちゃうな。助けたい気持ちと、もう少しだけ危険な目に遭っていてほしい気持ちの間で揺れ動いちゃう。

これじゃダメダメ！

いざとなったら、早く助けないと……二人で頑張っていくんだから！

第五章

チャイムが鳴って、お昼休みに入った。今日もあんまり集中出来なかった気がする……。一度集中出来なくなると、今までどうやって集中していたのか分からなくなってしまう。

……でも、今までも集中出来てたっていえるのかな。

ノート取るの、いまだに上手く出来ないからルルカに頼っちゃうし。ルルカが教えてくれたノートの取り方を実践しているはずなんだけど、わたしの文字を書くスピードが追いつかなくて、書き終われないことが多いんだよね……。文字を書くのって難しい。

「リリカ、ちょっといいかな？」

色々と考え込みそうになっていたところで、そんな風にルルカから呼ばれた。

「どうしたの？」

「二人でしたい話があるんだけど……もしかして、鳴っちゃうくらいお腹空いてる？　だとしたら、放課後でもいいんだけど」

「っわ、分かった。大丈夫だから、行こうか」

「そう。なら良かった。ちょっとだけ付き合ってね」

きっと魔法少女の話だと確信をもって、ルルカの後をついて行った。

いつもなら廊下でも話すはずだけど、今日ばかりは二人とも何も言わなかった。

……わたしは、何も言えなかったっていうほうが正しいんだけどね。

クラスの近くにある、あまり使われることのない空き教室に入る。ルルカが念入りに誰もいないか確認しているから、絶対に魔法少女のことだろう。

わたしは背筋を伸ばして、どうやって続けていきたいと説得するべきか考える。そうすると自分の何も出来なさについても考えることになって嫌な気分になるから、正直何にも考えられてないいんだけど……それでも、やめたいとは思えなかった。

たとえ、ルルカのほうが様になっているとしても。

「リリカ、これから魔法少女として戦う時は、一緒に頑張ろう？」

「え……？」

落ち着いた様子で話すルルカに、思わず呆気にとられてしまう。

てっきり、またやめたほうがいいって言われると思っていた。だから、ものすごく驚いてしまう。

ルルカに、どういう心の変化があったんだろう……？

「な、なんでまた急にそんなことを……？」

怖くなって、思わずそんなことを聞いてしまう。けれどルルカは笑みを崩すことなく、わたしの質問に答えてくれた。

「私が魔法少女をやめるように言うのも、リリカの頑張りを否定することになるのかなって思って」

その言い方だと、この前キョウカちゃんに説明していた先生の行いと同じことになる。だからルルカは、やめるように言うことをやめた……らしい。

確かに、今一番頑張りたいことが魔法少女の活動だから、そうなっちゃうのかもしれない。でもそれをそのまま言っていいのかも分からず、わたしはリリカを見つめながら何も言えなくなってしまう。

「私の話は終わり。一緒に頑張ろうね、リリカ」

「で、でも、この前の怪人には敵わなくって……！」

ようやく出てきた言葉に、わたしは自分の自信のなさを思い知らされた。どうして続けようって言ってくれてるのに、まるでやめたいみたいなことを言っちゃうんだろう。

けれどルルカは大丈夫だよと言いながら、わたしの手を握りしめた。

「これから倒せるようになればいいよ。だって、まだまだ成長途中なんだもん」

「……そう、だよね」

わたしは、まだまだこれからだよね。

「だからほら、応援のためにもタンパク質多めの食事を追加で作ってきたの」

「え、リリカに……!?」

「私もほとんど同じメニューだから、安心してね」

さっきから何を持っているんだろうと思っていたら……！　まさかの、わたしへの差し入れだったらしい。

いつも調理部で作ったものを改めて作って来てくれるからちょっとそうかもしれないと思っていたけど……誰か好きな人が出来て、その人のためになのかなとか思っちゃってた。

それに、お菓子とかじゃなくて本格的なおかずなのははじめてかもしれない。

とにかく、さっきの一緒に頑張っていこうって言葉よりも驚きが強い。

そこまでしてくれるなんて、ルルカってなんて優しくてすごいんだろう……すごいことだけど、これは優しさなのかな？　そうだよね？

なんだか、頭が混乱しそうになる……。

「そ、そんなのあるって思ってなかったから普通にお弁当持ってきちゃったよ」

「大丈夫！　いつものお弁当にプラスするって想定で作ってきたから。……リリカがいいんなら、明日からはお弁当を丸ごと作ってくるけど」

「そ、それはいくらなんでも申し訳ないよ……！」

ルルカなら本当に作ってきそうなのは、もはや怖いって言っていいかもしれない……。

「でも、強くなるためには食事からって言うじゃない？」

「そうなの？」

「そうだよ。運動部が、食事も修行って言ってるの聞いたことあるし」

「そ、そんなことってあるの……？」

本来なら楽しいはずの食事が、修行になるなんて……。

運動部って、なんて過酷なんだろう。

そして、これからはわたしの食事も修行に……？

そんなわたしの表情を察したのか、ルルカは大丈夫だよと言った。

「言葉の綾で修行って言っただけだから、無理しなくていいんだよ。このメニューも、おいしく作ってあるつもりだし」

「で、でもそれだけじゃ強くなれないっていうのも事実だし……」

食事で強くなれるってことに実感はなかったけど、強くなるためにはどんなこともしたくて、わたしはそう言った。

「じゃあ、ゆっくり修行にしていこうか」

「ゆっくり、修行に……？」

「そう。段々量を増やしたりしていくの。それなら無理もなくていい感じでしょ？」

それなら、ルルカの言う通りいいのかも。徐々になら、私も頑張って料理を覚えることが出来るかもしれないし……。

全部ルルカに作ってもらうなんて、いくらなんでも図々しいもんね。

「じゃあ、後でどうやって作るのか教えてほしいな」

「えっ」

「え？　リリカ、変なこと言ったかな……」

そんなつもりはなかったんだけど、そうじゃなかったらどうしてルルカは驚いているんだろう？

「いや、変なことじゃないけど……私が作ってこようとしてたから、ちょっと残念だなって思って」

「そ、そんなの大変だよ！」

「大変ではないよ？　私のお弁当と一緒に作ってくればいいわけだし」

「お……お金だってかかるよね？」

「他にお金を使うこともあんまりないし……それにリリカが美味しく食べてくれるなら、

それが一番嬉しいから」

……いつも、そう言ってくれる。ルルカの表情を見るに、本心なんだろうってことも分かる。それでも、申し訳ないことには変わりはなかった。

「……そんなに気を遣ってくれなくてもいいんだよ」

ふと、口にしてしまった。自分でも呟いているのかどうか分からないくらい小さな声だったから、聞こえないと思っていた。でもどうやら、ルルカには聞こえていたらしい。

「気を遣ってなんてないよ。ただただ、リリカのことを思って何かするのが好きなだけだよ」

「リリカが、どこまでも頼りないから……?」

また、言うつもりなんてないような言葉が口から出てきてしまった。

「そんなことないよ！」

ルルカは、真剣な表情で否定する。そういえばルルカは、わたしが委員長に立候補した時も迷惑じゃないよって言ってくれたっけ……。

「そ、そうだよね……」

そんなルルカを相手に、わたしは何を言っているんだろう。

ルルカにこんなことを言っても、どうにもならないのに。こんな八つ当たりみたいな真似、するべきじゃない。

謝らなきゃいけない。

それなのに、わたしの口からは謝罪の言葉が出ていかなかった。

まるで喉で堰き止められているみたいで、すごく気持ち悪い。

「……そろそろ戻ろうか」

「そ、そうだね。お腹空いちゃった……」

ルルカに促されて、クラスに戻ることにした。

気を遣ってそう言ってくれなかったら、昼休み中ずっとあの教室にいたかもしれない。

……そのほうが、良かったのかもしれない。

結局、帰りの廊下でも二人とも無言だった。

「あ、ルルカ！　ごめん。数学教えてくれない？　五限目の分やってなくて……」

「分かったよ。ご飯食べてからでいい？」

「もちろん！　待ちますとも！」

教室に入った瞬間、ルルカにかけられた同級生の声にどこか安心してしまった。

魔法少女を一緒に頑張っていこうと言われた時は、とても嬉しかったのに。

今は、よく分からない。言ってもどうにもならない、本心なのかどうかも分からない言葉でルルカを困らせたりしてしまう。こんなに性格が悪かったかな、わたし……。

わたしは、一体どうしちゃったんだろう。

○

明日は、待ちに待ったルルカとのお出かけの日だ！

「楽しみだなぁ！」

ルルカのオススメだっていうスイーツのお店へ一緒に行こうっていうのを前から話していて、ようやく二人の予定が合って行けるようになったんだよね。

ちょっと最近は色々あったから、ルルカから誘ってくれた時はすごく嬉しかったなぁ……。

そして今日の夜は、写真共有ＳＮＳのミンスタにあるメニューの画像を見てドキドキしていた。

味も色も様々なケーキがきれいに並べられていて、見ているだけで楽しくなってくる！

ルルカ自身が料理上手だからか、それとも友達が沢山いるからか、こういうお店の情報を見つけるのもすごく上手いんだよね。

わたしはそういうのってあんまり得意じゃないから、素敵だなっていつも思う。

お料理の写真を撮るのも、得意だし。時々部活で作った料理を見せてもらう時があるけど、まるでカフェのメニューみたいで素敵なんだよね。

本人はあんまり注目を浴びたくないからって言ってSNSにはあげてないようだけど、そういうのをうまく使いこなしてる子には羨ましがられてたっけ。

……そういえば前に写真の上手い撮り方のコツを聞いてみたら、なんだか慌ててたような？

いつもなんでも分かりやすく教えてくれるルルカでもそんな反応をすることがあるんだって驚いたから、記憶に残っている。

でももしかしたら、秘密だから知られたくなかっただけかも。

勉強とかと違って、身につけようと思っても身につくものじゃないだろうし……。

それなのにせっかく覚えた技術を、簡単に人に教えられるわけないよね。

それくらい、すごいし。わたしが軽率だったかも。今更謝られても困るだろうし、今度から気をつけよう。

いつまでもミンスタでケーキを見ていたかったけど、明日には実物を見られるんだし食べられるんだと自分に言い聞かせてベッドに入った。

○

「うーん……まだちょっと眠いかも」

興奮が収まらないまま目を閉じたからか、夢の中でケーキに埋もれていたような気がする。そのせいで、よく眠れなかったかも。

でも楽しみだったから、なんとか早く起きられた。

こういう時は、早く起きられるんだよね。学校に行かなきゃいけないって時に限って、起きたくないって思って布団に入り込んでしまうってだけで……。

ううん！　今日はこれから楽しいことしか考えないぞ！

せっかくルルカと遊ぶんだから、笑顔でいたい。学校のことは、今は忘れてしまおう。

支度を済ませてから待ち合わせ場所である駅に向かうと、既にルルカが待っていた。

いつも早めについているはずなんだけど、ルルカより前に来られたことがない。

「おはよう、リリカ」

「おはよう。ルルカ！　今日も早いね？」

「リリカと行くのが待ちきれなくってさ」

「そ、そうなんだ。リリカも楽しみにしてたよ」

「そっか。嬉しいな」

今日は早めについたと思ったんだけど、ルルカのほうが先についていた。

頑張って早起きしたのに……まるでわたしが家を出る時間を知っているみたい。

……そんなわけないよね？

ルルカがそんなことするわけないいし、変なことを考えるのはやめよう。

「それじゃあ行こうか」

「うん！」

駅から電車に乗って、カフェの最寄り駅まで行く。学校に行く方向とは反対だから、ちょっとドキドキする。向かっている間も違和感なく話を続けることが出来て安心した。でもこれもきっと、ルルカが気を遣ってくれている結果なんだろうな……。

ルルカはやっぱり口ではそんなことないって言うと思うけど、わたしとしてはどうしても気になってしまう。

「リリカ、どうしたの？」

「な、なんでもないよ！　ちょっと昨日は楽しみで眠れなくって……寝不足なのかも！」

咄嗟に否定してしまった。

でも寝不足かもしれないことは本当だから、嘘はついてない、よね？

ルルカはそんなわたしを見て、穏やかに微笑んだ。

「リリカ、かわいいね」

「え、なん、え⁉」

「慌ててるところもかわいい」

「ほ、褒めても何も出ないよ……？」

「なにかほしくて褒めてるわけじゃないよ。本当にかわいいからかわいいって言ってるんだよ」

「う、うう……」

「ふふ、リリカったら照れちゃって」

女の子同士でかわいいって褒め合う文化があるっていうのは分かるし、わたしも時々そういう文化のもとで褒め合うこともある。

けど、ルルカのそれはすごく真剣で思わずドキドキしてしまう……。

他の子の時はもっとこう、冗談というか、楽しいノリなはずなんだけど……本気でかわいいって思われてるのが伝わってくる。

だから、自分の顔が真っ赤になるのが分かった。

「そ、それを言うならルルカのほうがかわいいよ」

「そうかな？」

「うん。そうだよ。そうに違いない！」

「ありがとう。リリカにそう思われてるっていうのが、一番嬉しいな」

余裕の笑みで返されてしまった。照れてしまった自分が恥ずかしくて、また顔が赤くなるのが分かる。今のルルカには、何を言っても自分が恥ずかしくなるだけだろう。そう思ったわたしは、しばらくの間黙っていた。

やがて目的の駅につくのを知らせるアナウンスが流れた。それからすぐに、駅につく。

「着いたよ。降りようか」

「う、うん！」

降りてから吹いてきた風が、火照った顔に気持ち良かった。

それから駅から出て、目的のカフェに向かう。カフェは駅を出たらすぐのところにあって、オシャレなテラスがまず最初に見えた。まだ混む時間じゃないのか、テラスには人はいなかった。

「せっかくだし、テラスで食べようか？」

ルルカはそう提案してくれた。

風は吹いているけれど気温が高いおかげか寒くないどころか、むしろ気持ちいい。ここでケーキを食べたら、きっと良いだろうと思えた。だからわたしは頷く。二人でテラス席に座ると、タイミングよく店員さんが現れた。お水とメニューを置いて、注文が決まったら呼んでほしいと言うと、そのままお店の中に入って行った。

「どれにする？」

メニューを開きながら、ルルカが聞いてくる。

「うーん……」

事前にミンスタを見てたのは、頼むものを決めるためだったんだけど……ミンスタにはないメニューもあって、どれを選べばいいのか分からなくなる。

こんなに美味しそうなものがたくさんあるなんて……嬉しいけど、お小遣い的にもお腹的にも一個しか頼めそうにないから、ものすごく悩んでしまう。

「ルルカはもう決まったの？」

「うん、一応はね。……リリカはどれで悩んでるの？」

「えっとね、飲み物は決まったんだけど……こっちのショートケーキと、こっちの桃とリンゴのタルトで悩んでる」

「じゃあ、その二つを頼もうか」

「え、なんで!?」

ルルカは先に注文が決まったって言ってたから、食べたいものがあるはずなのに。

「ちょうど私もその二つが食べたかっただけだよ」

「……本当に？」

明るい笑顔で言われるからそうなんだって言ってしまいそうになるけど、今回ばかりは疑ってしまう。こんなにたくさんメニューがあるのに、ピンポイントで二つを選ぶのはちょっと難しいんじゃないかな……？

「本当だよ。あれじゃない？　一緒にいる時間が長ければ長いほど、趣味嗜好(しこう)が似通ってくるって言うから、それだと思う」

「なるほど……？」

そんな話があるんだ。聞いたことがなかったから驚きだ。

「でも、そうだったら嬉しいね」

「う、嬉しい？　本当に？」

「うん。だって、ルルカと好きなものが一緒になれるってすごく嬉しいよ」

「わ、私も嬉しいよリリカ！」

いきなり手を繋(つな)がれて驚いたけど、そんなに喜んでもらえるとわたしももっと嬉しくなる。もっと繋いでいたかったけれど、痺(しび)れをきらしたのか店員さんがやってきて、恥ずかしくてその手をほどいてしまった。ルルカも名残惜しそうな顔をしていたけど、同じように恥ずかしいのかすぐにメニューに向き合って注文をしていた。

「ショートケーキと、桃とリンゴのタルトをお願いします」

やがて注文を聞き終わった店員さんは、メニューを持って再びお店に入って行った。

「楽しみだね、リリカ」

「そうだね、ルルカ」

「ふふ、こうやって呼び合ってると、なんだか双子みたいじゃない？」

「な、名前が似てて姉妹っぽいといえばそうだもんね」

「そうそう。委員に決まった時に、そんな話をしたよね」

そんなたわいもない話をしていたら、いつの間にか時間が経っていたらしい。店員さんによって、ケーキと飲み物が運ばれてきた。

間近で見るケーキは写真よりもずっと素敵で美味しそうだった。

「美味しそう……！」

「本当に美味しそうだし綺麗だね。写真に撮る？」

「あ、えっと、リリカって写真撮るの苦手だから……」

「そっか。まぁでも、こういうのって美味しく食べるのが一番だから、無理に写真を撮らなくてもいいかもね。リリカはどっちから先に食べる？」

「そ、それはさすがにルルカが決めていいよ」

「そう？　じゃあ、タルトのほうからいただくね」

そう言うとルルカは、いただきますと手を合わせてからタルトを口にした。

つられるようにしていただきますと手を合わせてから、わたしもショートケーキを口にする。

「お、美味しい……！」

思わず笑顔になってしまう美味しさだった。ルルカもそうかなって思って顔を見ると、ルルカもまた笑顔になっていた。なんだか嬉しくなる。

「本当に美味しいね」

「うん！　美味しい！」

それから飲み物も飲みながら、ゆっくりと食べ進めた。

「リリカ」

「ん？　どうしたの？」

「あーん」

「え、ええ!?」

ルルカからタルトの乗ったフォークを差し出されて、わたしは戸惑ってしまう。

どうやって二つを分けっこするんだろうとは思っていたけど、そんなやり方だったとは思わずに静止してしまう。けれど食べないまま落ちたら困ると思って、わたしはゆっくりとタルトのフォークに顔を近づける。そこでまたためらってルルカのほうを見ると、まるで食べてくれないの?と言いたげに眉を下げた表情と目が合った。

悲しませるわけにはいかず、わたしは一気にタルトを食べた!

「こ、こっちも美味しいね!」

出来るだけあーんされたっていう事実に触れないように、味の感想を言う。

こんな状況でも美味しいと思うくらい、ここのケーキは美味しいらしい。

ドキドキが止まらない。

このくらい女の子の間では普通なのかもしれない。だとしても、恥ずかしいものは恥ずかしい……!　ルルカがなんでもないような表情をしているから、照れているのは自分だけだって分かると、もっと恥ずかしい。

照れてしまう自分が変なのかな?

「私もショートケーキ食べたいな」

ルルカが、そう言った。それはつまり……あーんをしてほしいってことなんだろう。

そりゃあーんしてもらって食べさせてもらったから、返さないとおかしい。

でも、恥ずかしさで頭が混乱しているわたしにはどうするべきか分からない。

しばらく固まっていると、ルルカはまた眉を下げて切なそうな顔になる。

そんな顔をさせているのはやっぱり自分だと思うと恥ずかしさ以上に申し訳なさが上回った。だからわたしはフォークを手にショートケーキの一部をすくって、ルルカのほうに差し出した。それをルルカは、丁寧に口の中に入れる。

その瞬間に目が合ったルルカは、すごく魅力的というか……男の子だったら一瞬でハートを撃ち抜かれているだろう表情だった。わたしにそんな表情を見せてしまっていいんだろうかと、変に心配になってしまった……。

「タルト、もう一回あーんしようか？」

「こ、今度また来て、その時にじっくり食べようかな……」

「そう？　じゃあまた今度も一緒に来ようね」

「う、うん！」

そんなこんなで、ゆっくりとケーキを食べた。

途中で「あーん」をされた時は本当にどうなることかと思ったけど……二つのケーキを味わうことが出来たから、良かったかも。……でも、やっぱり外だから恥ずかしい！

そんなこんなで食べ終わってゆっくりしていたところに、着信音が響いた。わたしのは鳴っていないから誰のだろうと思っていたら、ルルカがスマホを出していた。出した途端に、ルルカにしては珍しく焦ったような表情になった。それから、ルルカは手を合わせて頭を下げてきた。

なんで!?

「ごめん。弟から電話がかかってきちゃった。長くなりそうだから、ちょっと離れたところで話したいんだけど……」

「分かった。リリカ、一人で待てるから大丈夫だよ」

そんなことなら、頭を下げる必要なんてないのに。

「そう……?」

ルルカは心配そうな顔をしていたけど、わたしは「大丈夫だから」ともう一度言って大きく頷(うなず)いた。

「じゃあ、ちょっと行ってくるね」

言いながら、スマホを手にルルカは離れていった。

テラス席には他に誰もいないから、わたし一人になる。柔らかい日差しが気持ちいい。

天気がいいから、こうやってテラス席で座っていても寒くない。寒いと座りたくないから、この時季の特権だなぁ……。

「お待たせ」

その女の人は、自然にルルカの座っていた席に座った。

それはとても違和感のない動作で、わたしは一瞬だけルルカが戻ってきたのかと勘違いしたくらいだ。

「ルルカ、もう電話終わった……の……？」

「残念、ルルカチャンじゃないよ♥」

けれどそれは間違いだった。わたしは、思わず身構える。

その女の人は、とても……刺激的な格好をしていたからだ。思いきり露出をしているというわけではないのに、とても近寄りがたい雰囲気をまとっている。テラスの前を通っている人も惹かれているのか引いているのか、チラチラとその人を見ている人が多い。

でもそんな格好をしていなかったとしても、いきなり知らない人であるはずのリリカたちのテーブルに割って入って来るような人はちょっと怖い。

それに、向こうはこの場にはいないルルカの存在を知っているのだ。一方的に知られているだけっていうのは、嫌でも警戒してしまう。

「このお店って、飲み物も美味しいね。若いのにセンスあるじゃん」

言葉の通り手にはお店のドリンクカップを持っていて、顔には友好的な笑みが浮かんでいる。

改めて聞こえた女の人の声に、なんとなく聞き覚えがあった。いつだったかは思い出せないけど、魔法少女として変身している時に聞いたような……？

「まだ思い出せないの？」

女の人はじれったそうに、でもどこか不満そうにそう呟いた。

そして、服をめくった。

思わず手で目を覆ってしまうが、指の隙間から見えたのは見たことのある触手だった。

「あ、貴方、まさか……！」

「ようやく気づいた？　アタシがディジェネレーターだってことに」

わたしには、ディジェネレーターの怪人としての姿で見えるようになった。しかし周りの人はなんの反応もしていないので、特殊な力が働いているんだろうか。

もう、このくらいのことじゃ驚かなくなっちゃった。これも特別になってきているってことなのかな……？

「あなたって、多分特別になりたいのよね」

「な、なんでそんなことを……？」

「あら、図星なの？」

本当にそうなので、何も言い返すことが出来ない。怪人はフフフッと、妖艶に笑う。

「そうじゃないと、あんなに必死に戦ったりしないわ。すぐに魔法少女を辞めていく子なんて、それこそ数えきれないくらいに見てきた。普通そうよね。自分で望まないのに、戦いたい女の子なんていないってば。あのマスコットもバカだよねー」

ものすごく挑発的なことを、息継ぎなしで言ってのける。ふるふるとスマホが震えているように見えるのは、きっと気のせいじゃないんだろう。

怪人は口を開いて、更に続ける。

「ねぇ。学校って、本当に必要？」

「ひ、必要だよ！」

「どうして？」

「え、っと……」

咄嗟に肯定の言葉が出てきただけで、どうして必要なのかと言われるとなにも言い返せない。

それを向こうも分かっているのか、声をあげてキャハハと笑った。こちらをからかって遊んでいるみたいな笑みだ。うぐぐ……。

「本当に必要って言い切れるの？　どうして必要なのかも、答えられないくらいなのに」

「そ、そうかもしれないけど……」

ここで簡単に納得してしまってはいけないような気がした。だから頭を使って、必死に否定しようと考える。

こういう時にルルカがいてくれたら良かったんだけど……そんな思いを振り払って、頭を使い続ける。

このくらいのこと、リリカだけで乗り切らなくちゃ……！

じゃないと、またきっとルルカに魔法少女はやめたほうがいいって説得されちゃう……。もう自分だけの特別じゃない魔法少女だけど……それでも手放すわけにはいかないと思った。

「それでも必要だよ。だって、みんな通ってる、し……」

けれどわたしの頭には、稚拙なことしか思い浮かばなかった。理由にもなってない。

向こうは一瞬だけ呆然としてから、わたしの答えを鼻で笑った。

「あなたも含めた誰も彼もがなにも考えず、周りに流されてるだけじゃないの」

周りに流されているという言葉に覚えがあり、それ以上の言葉をなにも言えなかった。

「大体、学校に行きたくない人間なんてこの世には数えきれないくらい居る。行きたくないあまりに、自ら命を絶つ人間だっているんだし」

「そ、そうだとしても……リリカは学校でルルカと友達になれた！　行かなきゃいいなんて思わない！」

「この……脳内お花畑！」

「お、お花畑の何が悪いの！　きれいだよ！」

「ハァ……？」

呆れたような顔で、このまま襲いかかってきてもおかしくはない。

念のために変身しようとしたところで、向こうの顔を含めた全身が近づいてきた。

呆気にとられてしまって、変身しようとしていたことも忘れてしまう。

「え、なに、どういうこと……？」

「戦いに来たわけじゃないから、変身は無しにして。どうせ、戦っても勝てないんだしさ」

「そんなの……！」

反論しようとしたところで、向こうの顔がもっと近づいてくる。耳元に吐息が当たって、ちょっとくすぐったい……。

「こっち側に来たら、もっと簡単に特別になれるよ。難しいことなんて何にもない。すぐに強くなれる」

耳元で彼女は、優しい声でそんなことを言う。すぐに強くなれる。魔法をまともに使えず、目の前の怪人すら倒せないわたしに、それはすごく魅力的に聞こえてしまった。

「ね」

目があった。向こうの目は、すごく生き生きしている。特別であることを、思う存分謳歌しているようだ。

「誰もが死にたくなるような学校に通って、特別になれるの？　その友達が、特別にしてくれるの？　……してくれないよね？　それどころか、特別から遠ざけようとしているんだもんね？」

そんな……何から何まで、お見通しみたいだ。

「アタシたちは、その特別になりたいって思いを否定したりはしないよ」

言うだけ言って満足したんだろうか。そのまま怪人は、あとかたもなく消えてしまった。その場には、わたしだけが残される。耳元が変に温かく感じて、ちょっと気持ち悪い。

「あれ？　リリカ、立ち上がってどうしたの……リリカ!?　何かあったの？」

ルルカが、慌てた様子でわたしに駆け寄ってくる。

その顔は、ひどく困惑していた。

「なんでもないよ……そんなに驚くこと、かな？」

「驚きもするよ。だって、ものすごく顔色が悪いんだもん」

自分では自覚がなくて分からないけど、ルルカが言うならそうなんだろう。

「もしかして……連日の魔法少女としての活躍で疲れてる？　だとしたらごめんね。連れ出しちゃって」

「そんなことないよ。違くて……」

「何かあったの？」

素直に、さっきまであった出来事を話す気にはなれなかった。もしかしたら聞いていたかもしれないハピポンから話されるかもしれないけど、自分の口から話すだけの力がなかった。

どうしてかは、分からない。分かりたくない。

「……今日はもう、帰ろうか」

なにも言わないわたしに対して、ルルカはそう言った。

また、ルルカに気遣われてしまった。

「ごめんね、ルルカ……」

「どうして謝るの？　リリカは、なんにもしていないのに」

「……ごめんなさい」

心配そうな顔をしているルルカを相手に、そう繰り返すことしか出来なかった。

○

「学校に通っていても特別にはなれない、かぁ……」

どんなに体調が悪くても、学校は待ってくれない。

だから頑張って課題をしている最中に、怪人が言った言葉を思い出してしまった。

例えば今のわたしみたいな状況〝体調が悪いのに、課題をしなければいけないようなこと〟が続けば、学校に行くのが億劫になるだろう。

最近は無理に学校に行かなくてもいいっていう風潮が出来てきてはいるけれど……その人の家族が、どう思うか分からない。もしも学校に行くことを絶対だと考えているんなら、無理矢理にでも行くように言われてしまうかもしれない。

さらにそんな状況がずっと続いたら……今度は、そんな家族がいる家にいるのが嫌になるだろう。

でもわたしたちみたいな子どもは、泊まる場所も多くないしお金もそんなにはない。

それなら……生きる場所がないと考えるのも、時間の問題かもしれない。

とてもつらいことだけど、どこにでも起きていることだ。

わたしは、そんな状況には今のところなっていない。

お母さんもお父さんもそこまで厳しいわけじゃないから、理由を伝えて休みたいって言ったら休ませてくれるだろう。

……多分、そうであって欲しいって願望も入ってるけど。

だからっていっても、やっぱり特別にはなれない。

真面目に学校に通っても成績はそんなに良くならないし、人付き合いだって得意じゃない。

体育だって苦手じゃなくなったけど……上手くなれたかっていうと、そうでもない。

それに、そんなわたしが上手くやれているのはルルカのおかげだ。

自分の力じゃない。

自分一人で、今ほど上手く出来ていただろうか……？

いや、そんなはずはない。

体育は苦手だったし、元々の友達は少なかった。それに中学校にあがってからは、その子たちと話すこともなくなってしまった。

そんな事実を思い出して、わたしはゾッとした。

わたしは友達だと思っていたけど、向こうからしてみればそうじゃなかったのかもしれない。

「友達すら、作ることが出来ない……」

ある意味では、特別ともいえるだろう。でも、わたしがなりたい特別はそんなものじゃない。もっとキラキラしてて、誰からも慕われてて、なんでも出来る……。

ルルカのことだ。ルルカはもう、特別すぎるくらい特別だ。どうやればそうなれるのか、よく分からない。いや、まったく分からないわけじゃない。ただ、同じことをしてもわたしでは届かないだけだ。

同じことをしているんじゃ、ダメなのかな……。

そこで魔法少女とは違う、向こうのことを考える。

向こうって、ディジェネレーターのことだよね……？

今よりも特別になれるのは、間違いないだろう。圧倒的な力は、それだけで特別だ。それが簡単に手に入るんなら、ディジェネレーターとしてやっていく子がたくさんいても、おかしくはないだろう。

それこそ、魔法少女よりもずっと……。

「ん？　なんだろう？」

そばに置いていたスマホから通知の音がしたので、手に取って開いた。

そこにはハピポンがいた。

普段だったら驚いていたかもしれないけど、今のわたしにはなんとなく予想できていた。

だから驚かない。

「リリカ」

そう声をかけてくるハピポンの表情は、いつになく真剣だった。

こんなに真剣な表情は、見たことがないかもしれない。

「どうしたの？」

「ないと思うけど、ディジェネレーターになっちゃダメだヨ」

「……どうして？」

わたしは、素直に頷くことが出来なかった。

ハピポンは出会ったときに見せたような、苦虫を噛みつぶしたような顔になる。

「ディジェネレーターになるってことは、普通の生活には戻れなくなるってことダ。強い衝動に身を任せて、破壊の限りを尽くそうとすル……」

「でもわたし、性格が悪いから……そっちのほうが、向いてるかもしれないし」

苦し紛れで出てきた言葉に、自分で言いながら泣きそうになってしまう。

素敵な魔法少女になりたかったはずなのに、どうしてこんなことを言っているんだろう。自分で自分が嫌になる。

本当ならディジェネレーターにならないでって言われたら、すぐに頷かなきゃいけないのに。

「誰にだって、性格の悪い面はあるヨ☆」

「……そうかもしれないね」

「だから、性格が悪い面だけがリリカじゃナイ☆　そうじゃないノ？」

なんだかハピポンらしくないくらい、優しい言葉だった。そこまで言われてしまったら、そうなんだろうと思わされる。

「うん……ちょっと落ち着いたかも。ありがとう」

「どういたしましテ☆」

とりあえず、ディジェネレーターになるのはやめようと思えた。ルルカに迷惑をかけちゃうだろうし、お母さんとお父さんに心配をかけたくないし。

「でも、ちょっと魔法少女については考えさせてほしい」

「モチロン☆　魔法少女については、本人次第だからね☆　でも、リリカの場合あんまり長いとどうなるカ……」

「……分かった」

納得は出来なかったけど、ひとまず頷(うなず)いた。

「とにかく、無理だけはしないデネ☆」

「うん。ありがとう」

わたしは出来るだけの笑顔で、もう一度そう言った。

○

次の日。学校が終わってから、今日もまたルルカは早く帰ってしまった。

もしかしたら、魔法少女として怪物や怪人と戦いに行ったのかも……？　そんな、考えても仕方がないことを考えてしまう。

帰る準備が整ったし、わたしも帰らないと。誰もいなくなった教室でカバンを手にそう思っていると、スマホから通知音が鳴った。

もしかして……ハピポンからの通知だろうか。

だとしたら、なんのためのなのか分からない。わたしはしばらく戦えないって、言ったはずだし……。

「……一応、見てみよう」

万が一にもお母さんからのメッセージだったら悪いから、スマホを見る。

すると、慌てた様子のマスコットが現れた。

どうやら予想は当たっていたらしい。でも、なんの用なんだろう？

「リリカ、お願いだから戦ってくれないカナ……!?」

「え……？」

マスコットの言葉に、思わず驚く。

この期に及んで、そんなことを言われるとは思わなかったからだ。

けれど、そのお願いには応えられそうにない。

「ちょっと今は、戦えるかどうか分からないから……」

「それが、今回現れたのはこの前カフェで接触してきたディジェネレーターの怪人で……向こうがリリカを呼んでるんダ」

「え？」

どうして、その怪人はわたしを呼んでいるんだろう。

嫌な予感がして、スマホを握る手に変な力が入ってしまう。

「既にルルカが戦って、善戦してるんダケド……二人で来てくれないと、街を破壊し尽くすって言ってテ……」

「そんな！」

「実際、ルルカを相手にしているというよりも建物なんかに危害を加えている割合のほうが多いんだネ……」

マスコットは、言いづらそうにそう言った。

そういうことなら、行くしかないのかな……。

でも、魔法少女としての覚悟が決まっていない今のわたしに、戦うことが出来るんだろうか。そもそも、変身だって出来るか分からない。

それなのに行って……ルルカの邪魔になったりしたら、嫌だ。

「というかルルカが善戦してるなら、リリカが行く必要なんてないんじゃ……？」

「今のルルカは、リリカがいないことで不安定にもなっている。あの子は魔法少女としての適性が高い分、ディジェネレーターとしても適性が高いんだ。だから……」

「ルルカが、ディジェネレーターに……？」

「もしかしたらの話だヨ」

「そんな……」

そんなわけない。ルルカは、誰かのために一生懸命になることが出来る子だ。それなのに、人に危害を加える、自分勝手なディジェネレーターになるわけがない。

けれど、わたしがいなくて不安定になっているという言葉が気にかかった。

ハピポンが言うならその通りなんだろうし……心配になってしまう。

「……とりあえず、行ってみるだけ行ってみるよ」

悩んだけれど、行くことにした。向かっている間にルルカが相手を倒すか、相手がいなくなっているっていう可能性もあるし、そうなってほしいと信じながら向かおう。

「そウ！　良かっタ！　それじゃあ、行こうカ？？」

一転して明るくなったハピポンにつられて、急いで現場に向かう。

向かっている途中に、何度も行くのをやめようと思った。嫌な予感が、どんどん大きくなっている。怖い。邪魔になるだけですまなかったらどうしよう。

色々な不安が、頭をよぎる。

けど、ルルカが心配で結局来てしまった。

ハピポンの言っていた通り、街のお店や建物なんかが大きく壊されている。でも、辺りに人はいなかった。大通りだから、人がいないということはないだろうし……ルルカが守りながら避難させたのかもしれない。

さすがルルカだ。そういうところまで、抜かりはないんだろう。

「やっと来た！　遅いんだけど⁉」

その声で、ハッとして上を見た。空中にディィジェネレーターの怪人が浮かんで立っている。まるでゲームの中の敵みたいだ。

それに挑んでいるルルカは、その上で人々を守りながら戦えるルルカは、なんてすごいんだろう……そんなことを考えるべきじゃないって分かってるのに、頭の中ではなんて特別なんだろうとため息混じりにそのすごさに驚いている。

「……リリカ⁉　もう！　呼ばないでって言ったのに！」

わたしに気付いたルルカが、そばを跳ねていたハピポンにそう叫ぶ。

ハピポンはルルカに対して悪びれた様子もなく、怪人に問いかける。

「さァ、リリカを連れて来たヨ。だからこれ以上の破壊はやめロ！」

「はいはい。素直にご苦労さん。じゃあ、ちょっとルルカチャンには止まってもらうことにして……」

「そんなこと、出来るわけない！」

「出来ちゃうんだな、これがさぁ！」

怪人は一際大きな光を放つと、それにルルカが包まれてしまった！

「ルルカ……！」

次の瞬間、大きな爆発音が鳴り響く。

目と耳を開けていられないような爆風に、心臓が速く鳴っているのがわかる。

怪人って、こんなに手強いんだ……。わたしじゃ、絶対に敵わない。ルルカなら敵うって思っていたのに、こんな状況になっちゃうなんて……。

来なきゃ良かったかもしれない。でも、どうしたら良かったの。

ぐるぐると、頭の中で嫌なことが回っていく。

その間に、いつの間にか怪人が目の前に立っていた。

怪人は触手を見せつけるように出して、その力をアピールしているかのようだ。

そんな怪人を挟んだ向こうに、傷ついたルルカの姿がある。魔法少女の力で守られているのか動けるようではあったけど、それでもつらそうだ。助けに行きたいのに、怖くて向こうに行けない。いや、そもそもわたしなんか行っても無意味なのかな……？

怪人はわたしに対して、友好的な笑顔を向けてくる。

「もう一度聞くよ。ディジェネレーターは、特別になりたいって気持ちを否定しない。それどころか強大な力を手に入れてヒトのユメを食って、もっと特別になることが出来る！」

怪人は、触手をわたしの手に絡ませてきた。それこそ、握手でもするみたいに。ヌルヌルとしていて、イカやタコみたいだ。こんなのが生えてくるなんて、確かに特別ではあるんだろう……。

「さっきみたいに、特別になることを否定する子を爆発させたりも出来る。すごいよね？」

前のカフェで言われたことを繰り返されて、わたしは身構える。

「ディジェネレーターになろうよ。ねぇ？」

「そん、なの……」

わたしはとっさに、何も言えなくなってしまった。ルルカのことが心配だ。どうしたら良かったの、どうしたらいいの。もう分からない。

「わたし、は……」

「時間切れ！　もういいよ」

触手は、わたしを地面に叩きつけた。

変身していないわたしの意識は、ぼんやりとしていく……。

○

何をもってして、人は特別になれるんだろうか？

わたしにとって、ルルカは特別だと思う。

でも、他の人にとってはまた別の人が特別で、ルルカのことをそんなに特別だと思っていないこともあるかもしれない。

ルルカみたいな、特別としか思えない子だって普通だと思われることもあるはずだ。不思議に思えるけど、無理がある話じゃない。

じゃあ、どうやったら特別になれるんだろう？

そもそも、特別ってなんなんだろう？

唯一ってことなんだろうか？

だとしたら、誰かに優しいってことも頭がいいってことも、ましてや足が速いっていうのも特別じゃない。

中学生のすごさっていうのは大人には敵わない。

たとえ同じ中学生との間で比べたとしても、同じ歳で比べたとしても、上には上がいるだろう。

日本でトップだったところで、世界的に見ても速いとは限らない。

誰かに優しい人は、いっぱいいる。誰かに優しくない人も、同じくらいいるだろう。

唯一になることは、とんでもなく難しい。

だって、魔法少女すら一人じゃないっていうんだから！

だったらもう、唯一を探すことのほうが難しいだろう。

だとしたら、わたしはこのまま一生特別になれないかもしれない。

キュッと、心臓を掴まれたような不安が襲いかかってくる。

でも、どうしてわたしは特別になりたいんだろう？　いつから、特別というものに憧れているんだろう？

……あんまり覚えていない。

それに、なりたい理由はひどく曖昧だ。そうなれれば、なんとなく世界が輝いてくれそうっていう、他の人に話したらきっと笑われちゃうような理由のためだけに、特別になりたがっている。

だって、わたしには何にもない……。

……本当に、何もないんだろうか。

本当に何もなかったら、魔法少女になれていただろうか。

誰かを助けたいという気持ちが少しでもあったからこそ、魔法少女としてつらいことがあってもやっていけたんじゃないか。

本当に何もなかったら、ルルカと友達でいられただろうか。

ルルカがわたしのことを好きでいてくれるのは、わたしに何かがあるからなんじゃないのか。

本当に何もなかったら、委員になろうなんて思わなかったんじゃないか。

困っているみんなを助けたいだなんて思わないと委員にならないんじゃないか。

困っている人を助けたいという、いわゆる優しい心がわたしにはあるんじゃないか！

じゃあ今、頑張らなくちゃいけない！

こんなところで、倒れている場合じゃない！

◯

目を覚ました。

体も頭も全部痛かったけれど、それ以上に強い意志の力がわたしの中を巡っている。

「……お断りします」

わたしは、重たい体でなんとか立ち上がった。

「は？」

「っわたしは、ディジェネレーターなんかにはなりません！」

「そう！　後悔しながら、もう一度倒れるといいわ！」

怪人さんは口ではやっぱりと言いつつも、悔しそうな顔をしていた。

もしかして、仲間が増えることを期待していたんだろうか。なんだか意外だ。

けど……そんな『人を求める性質』がゆえに怪人にまでなってしまったのかもしれない。

だとしたら、当然の態度にも思える。

……分からない。怪人になるまで誰にも助けられなかった子の気持ちなんて、わたしは分からない。

分からないとしても、別の原因でそうなっていた可能性もある。

それでもだからって、誰かを傷つけるなんてしちゃいけないことだ。

それがまた、怪物を生み出すかもしれないから。

「どれだけリリカがダメだったとしても、助けたい人たちがいる。だから、リリカは、魔法少女としてあり続けたい！」

「よく言ってくれたネ！　いやぁ、いい子が魔法少女になってくれて助かったヨ☆」

タイミングよく、調子のいいことを言って現れたマスコットに苦笑する。

この子はきっと、わたしが敵側に回っていたとしたら容赦なく倒しにかかってきただろう。そういう子だ。

でも、わたしに力を与えてくれる唯一の存在でもある。

だから、憎めない。

「ヨーシ！　それじゃあ痛い一発、キメちゃおウ！」

「うん！」

一発を決めるためにも、まずは変身しなくっちゃ！

「リリカル☆マジカル！」

いつもより温かい光が、わたしを包み込む。やってきたステッキを、両手で力強く握りしめる。

「魔法少女リリカ！　みんなのユメを奪うなんて、許さないんだから！」

いつものように、名乗りをあげる。今日ばかりは、様になっているといいなって思った。

そしてステッキを構えて、勢いよく振りかぶる。ようやく慣れた動作だけど、さっき啖呵を切ったからか気分が高揚してるようにも思える。

ここ最近はずっと魔法少女をやめようか悩んでいたくらいなのに。もしかしたら今が一番、魔法少女としての力がみなぎっている気がする。気がするってだけで気のせいかもしれないけど、せめてこの場が収まってくれれば……！

そんな思いを込めて、光を怪人に放った！

いつもよりも大きな光が、怪人のほうに飛んでいく！

「え、そんな、聞いてない……！」

その光は、怪人に見事にヒットした。

それから怪人は、これまでの怪物と同じように砂になって消えるかと思った。

けれど、彼女は砂になる寸前で力を振り絞るようにすると、そのまま消滅せずに元の姿を維持した。

まるでこちらを睨みつける力だけで、留まったみたいな激しい表情に、思わず怯んでしまう。

それから攻撃されるかと思ったら、彼女はどこかに行こうとした。

これ以上被害を広めるわけにはいかないから、追いかけようとする。

そんなわたしに、ハピポンが声をかけた。

「深追いしなくていいヨ」

「あそこまで力を失ったディジェネレーターは、どっちみち砂になって消える運命ダ。深追いするほうが危険だから、やめておこウ」

「そうなの……？」

わたしの問いかけに、マスコットは頷いた。

そういうことならばと、わたしは追いかけるのをやめた。

途端に、その場に倒れ込んでしまった。

それくらい、頑張ったってことだよ、ね……？

今この瞬間は、わたし、すごく頑張ったよね……！

「お疲れ様ダヨ――――！」

マスコットは、真っ先にわたしのところに飛び込んできた。

途中まで諦めてそうな顔をしていたのに、なんて調子がいいんだろう。

しかしそれを咎めることも出来ず、自分のスマホを撫でることでマスコットを撫でるフリをした。

「助けてくれてありがとう。フフ、お姉さん嬉しいな」

「はぁ～！　本当に助かったー！　ありがとう！」

「ありがとう……嬉しい」

そこには、三人の女の子がいた。それぞれ知的なお姉さん風の子、活発そうな子、静かに頭を下げている子と個性がバラバラだ。

しかも同じ制服を着ているから、どうやら同じ学校の生徒らしい。もしかしたら有名な子も交じっているのかもしれないけど、わたしには分からないや……。

「あれ？　でも今は普通の人だったら、気を失っているはずじゃ……」

「この三人は、魔法少女としての適性がありそうなんだよネ☆　だから自由に動けるんだヨ☆」

「え、じゃあルルカみたいに一緒に戦えるかもしれないって……こと……？」

ルルカに同意を求めようと辺りを見回したのに、姿が見当たらない。

どこに行ったんだろう？

「ねぇ、ルルカってどこに行ったか分かる？」

「もう一人の魔法少女？　さっきあっちのほうに行ってたけど……何かあったの？」

「え!?」

一人の子は、わたしたちが来た方向とは逆の方向を指差す。

どうしてルルカがそっちのほうに行ったのか分からなくて、首を傾げてしまう。何か急ぎの用事でもあるんだろうか？

だとしても今行くだなんて、ルルカらしくないんだけど……。

「そういえばなんだかフラフラってしてたかもしれない。大丈夫なの？」

「だ、大丈夫じゃないかも……！」

どこに行っちゃったんだろう！　ルルカ！

アイ情劣等生2

「リリカ……」

私は隣にいたリリカの心の強さに耐えられなくなって、その場を逃げ出してしまった。

いつの間に、あんなに強くなっていたんだろう。

隣で見ていたはずなのに、全然気が付かなかった。

いや……もしかしたら、心の底では気付いていたのかもしれない。ただ、気付かないフリをしていただけなのかも。そんなの、隣で見ている意味がないじゃんと、自然と苦笑が漏れた。

一心不乱に走ってたどり着いたのは、どこかのビルの狭間。

ゴミ袋が沢山置かれていて誰も来ないような不衛生な場所で、わけも分からずに頭を掻いてしまう。

痛い。

この痛みには、心の痛みも入っているんだろう。

だって、そうじゃなきゃこんなに苦しいはずがない。

「……リリカ」

愛おしい彼女の、名前を呟く。

ずっと、弱いままでいてくれれば良かったのに。

「リリカ……」

私がいくらでも強くなって、実態のない幽霊からも守れるようになればいいと思っていたのに。

「……リリカ」

どうして、魔法少女なんかになってしまったの。

こんなに危ないことないのに。

マスコットだって適当しか言わないし、次々に女の子たちが辞めていく……それどころか、ディジェネレーターに堕ちていくような環境なのに。

「リリカ……」

もちろんリリカがそんなことになるとは思わない。

けど、誰かのそれを見ることで罪悪感を抱くかもしれない。悲しくなるかもしれない。

誰かを救うってことは、救えない人も出てきてしまう。

それにリリカが耐えられるとは思えない……。

「…………リリカ」

どうして、魔法少女になっていることに気がつかなかったんだろう。

いつも近くで、リリカのことを見守っていたはずなのに。

「リリカ…………」

どうして、誰かのために強くなれるんだろう。

その誰かっていうのは、私よりリリカのことを強く思ってくれるの？

何か見返りがあるの？

ただその魔法少女としての力を、当てにしているだけじゃないの？

「…………リリカ」

それなのにどうして、そんな奴らのために強く……なれるの……？

「……やっぱり、アンタのほうに適性があったんだ」

人なんて来ないと思っていたのに　さっきまで戦っていたディジェネレーターの怪人が現れた。

余裕そうな顔はどこにいったのか。額には玉のような汗が浮かんでいて、息も絶え絶えだ。

リリカが、上手くやったんだろう。

「分かっていたからこそ、アンタが大切そうにしているあの子のほうをこっち側に誘ってたんだけど……自分から堕ちてくれて、正直安心した」

余裕なんてなさそうな怪人はしかし、ニヤリと笑って口元を歪めた。

その触手から暗い光が出てきて、私のほうに乗り移る。

それによって、怪人は砂のように消滅した。

私は抵抗する気力もなく、その光に飲み込まれてしまった。

飲み込まれる瞬間、頭にはリリカのことがよぎった。

私がいなくなったら、きっと心配するだろう。それに、授業だってついていけるか分からない。あとは……私がいない休み時間を上手く過ごせるかどうかだって不安だ。

ふふ……。自分が思っている以上に、リリカのことを考えて行動していたみたいだ。

我ながら気持ち悪い。

でも、それくらいリリカのことを大切に思っているんだ。

その思いを蔑ろにされてしまったように思えて、悲しくなっても無理はないだろう。

それに何より……これから魔法少女としてもっと期待されるだろうリリカのことが心配だ。

でも、今はそれよりも別の感情が優っている……。

そう自覚すると、己の中の核が書き換えられるような苦しさに陥(おちい)った。

思わず悲鳴をあげそうになってしまうのを、必死にこらえる。

悲鳴なんてあげちゃいけない。

そんな弱いことをしていい資格なんて、今の私にはない。

ただただ唇を噛(か)み締めて、手のひらに爪を押し付けて、痛みを乗り越える。

痛みは段々と強くなって、まるで私のことを試しているようだった。このくらいリリカと離れることで生じる心の痛みに比べたら、どうってことない。それに、リリカがこれから背負うことになる悲しみよりもずっと苦しくない。

耐えなきゃいけない。

やがて、永遠に続くかと思われた苦しみは終わった。

核が書き換えられた私の足元には、さっきまでまとっていた魔法少女の服が破り捨てられたように置いてあった。

代わりのように、漆黒のドレスを身にまとっている。ところどころにハート形のピンクの飾りがつけられており、やっぱり自分の核はリリカなんだって嬉(うれ)しくなってしまう。

でも、これから私がするのはリリカが悲しむようなことだ。

「リリカ、待っててね♥」

同じだけの悲しみを……そんなことしたくないのに！

どうして私に、適性なんて！

そんな理性のある声は、徐々に脳内から消えていった。

エピローグ

特別じゃなくても、人を助けたい。

そう思える自分は、とっくに特別だ。

そんな風なことに気付けたわたしは、ルルカのいない学校生活をなんとか乗り切れていた。思ったよりわたし一人でもちゃんと話をして笑うことが出来たし、頼み事を引き受けたり、逆に引き受けてもらうこともあった。

ちょっとは成長出来てるって証なんだろう。

嬉しいけど、一緒にハイタッチをして喜んでくれるルルカがいない。それはとても寂しいし、悲しくなる。

同級生の子たちによると、ルルカは用事で寮から実家に帰っているらしい。

「そういう風に認識するように力をちょっと使った」んだと、ハピポンが言っていた。

その力の凄さには驚くけど……こんなことになってしまった現状をどうすればいいのかは、教えてくれなかった。

それどころか、何もしなくていいと言われてしまった。

わたしに出来ることは、何もないからと。

いつもの明るい口調で、はっきりと言われた。

だからって、本当に何もしないわけにはいかなかった。

わたしが行ける限りで、ルルカが行きそうな場所を探した。けれどいなかった。

帰っているという実家に行くことも、考えなかったといえば嘘になる。けれど、そこにはいないという確信があった。それはハピポンの作った嘘だからというのもあったからだろう。

それに行ってみて本当にいないことを確認してしまったら、心が折れてしまうかもしれないと思った。嘘だとしても今は、実家に帰っているんだと思っていたかった。

矛盾しているような感情はずっと頭から離れなくて、じわじわと頭を蝕むように痛みに変わる。

けれどなにかしなくちゃという意志だけは、しっかり残っていた。

だって、わたしはこれからも魔法少女として頑張れるようになったのに、ルルカがいないんじゃ意味がない。

ルルカは一緒に頑張っていこうと言ってくれた。ディジェネレーターはまだ現れる。

今は一人でなんとか倒せる怪物ばかりだけど……いつまた怪人が現れてピンチになるか

分からない。

「それとも……」

痛みとともに、ずっと脳裏をよぎりそうになる思考を振り払う。

ルルカが魔法少女をやめるなんてそんな、そんなことはないだろう。

そんなことを考えてしまう自分が、また嫌いになってしまいそうだった。

『#コンパス～戦闘摂理解析システム～』とは？

3vs3で拠点を奪い合うリアルタイム対戦スマホゲーム。戦うキャラクター（ヒーロー）はニコニコ動画の人気クリエイターがプロデュース。バトルを通じてプレイヤーたちがコミュニケーションを取り合う、架空のSNS世界を舞台にしている。1700万ダウンロードを突破し2023年12月で7周年を迎える本作品は、ゲームを越え、生放送、オフラインイベント、アニメ、小説、コミックなどマルチに展開中。

※パケット通信料を含む通信費用はお客様のご負担になります。※サービスの事情により、事前の予告なく配信を終了する場合があります。

コード	LYRICA_NOVEL

獲得アイテム：ヒーロー【魔法少女リリカ】

戦闘摂理解析システム
#コンパス

キミのところに行ける
魔法があればいいのにね

|リリカ

Design：クロワ
Misic：かいりきベア「アルカリレットウセイ」

シリアルコード

『#コンパス～戦闘摂理解析システム～』のゲーム内で小説版「アルカリレットウセイ」の主人公リリカが手に入る！今すぐゲーム内でこちらのコードを入力しよう！

あとがき

こんにちは。はじめましての方ははじめまして。お久しぶりの方はお久しぶりです。

あとがきは先に読む派の城崎（しろさき）と申します。

この度は『アルカリレットウセイ』を読んでいただき、ありがとうございます。

これから読まれる方は、何卒よろしくお願いいたします。

今回はこのような素敵な企画に関わることが出来て、とても光栄です。

本当にありがとうございます。

魔法少女という存在ですが、私は最近になって改めて良さを理解しました。

というのも、幼い頃から好きではあったのですが、ストーリーの内容を理解しないままでいたからです。

幼い頃の私は、とにかくマスコットやかわいい衣装が好きだったようで……。

それだけではいけないと思い、数年前に見て感動しました。

どうしてこの年まで理解しないままでいたのかと、後悔もしました。

中学生らしい感情の揺れ幅などがとても素敵に描かれていて学生時代って素敵だなと思わされると同時に、そんな成長途中にいる彼女たちが守ってくれた世界で私もしっかり生きていかなくちゃならないなと思わせられます。

しっかり生きていかなくちゃと思った世界で、無事に書き上げることが出来て良かったです。途中まで、書き上げられないんじゃないか、どうにもならないんじゃないかと思っていたので、本当に嬉しいです。

しかし書き上げるまでが本当に遅いので、絶えず成長をしていきたいです。


本作は月刊コミックジーンにて、佐藤まひろ先生によるコミカライズも行われております。とても素敵な漫画になっておりますので、そちらもぜひご覧になってください。


それでは、続いて謝辞を。

担当のMさん。いつもご迷惑をおかけして本当に申し訳ありません。もっと自分の心身を強くして頑張りたいです……。

イラストレーターのクロワさん。キラキラしたリリカたちのイラストが本当に大好きです！　描いていただきありがとうございます！

そしてこの本に関わっていただいたすべての方々に感謝を申し上げます。本当にありがとうございます。

それでは、また機会がありましたらお会いしましょう。

ファンレター、作品のご感想をお待ちしています

あて先

〒102-0071　東京都千代田区富士見2-13-12
株式会社KADOKAWA　MF文庫J編集部気付
「城崎先生」係　「クロワ先生」係

MF文庫J

アルカリレットウセイ
#コンパス 戦闘摂理解析システム スピンオフ

2023 年 8 月 25 日 初版発行
2024 年 12 月 15 日 再版発行

著者 城崎

原作ゲーム NHN PlayArt 株式会社、株式会社ドワンゴ

発行者 山下直久

発行 株式会社 KADOKAWA
〒 102-8177 東京都千代田区富士見 2-13-3
0570-002-301（ナビダイヤル）

印刷 株式会社 KADOKAWA

製本 株式会社 KADOKAWA

Printed in Japan ISBN 978-4-04-682769-2 C0193

◆◇◇

優等生（エリート）・綾瀬咲のライバル・七瀬レナ
破天荒な彼女の青春を描いた
『グッバイ宣言』好評発売中！
グッバイ宣言
コミカライズも
月刊コミック電撃大王にて
好評連載中！